Celia Conte
2011

O

di Dino Buzzati

nella collezione Oscar

Album Buzzati
Un amore
Bàrnabo delle montagne
Bestiario
La boutique del mistero
I capolavori di Dino Buzzati
Il colombre
Il crollo della Baliverna
Le cronache fantastiche di Dino Buzzati
(2 voll. in cofanetto)
Cronache terrestri
Il deserto dei Tartari
Dino Buzzati al Giro d'Italia
La famosa invasione degli orsi in Sicilia
Il grande ritratto
Il meglio dei racconti
I misteri d'Italia
La «nera» di Dino Buzzati
(2 voll. in cofanetto)
Le notti difficili
Il panettone non bastò
Paura alla Scala
Poema a fumetti
In quel preciso momento
Il segreto del Bosco Vecchio
Sessanta racconti
I sette messaggeri
Siamo spiacenti di
Teatro

nella collezione I Meridiani
Opere scelte

Dino Buzzati

IL SEGRETO
DEL BOSCO VECCHIO

Introduzione di Claudio Toscani

OSCAR MONDADORI

© 1979 Arnoldo Mondadori Editore S.p.A., Milano

I edizione Scrittori italiani e stranieri aprile 1979
I edizione Oscar scrittori del Novecento
(ora Oscar scrittori moderni) ottobre 1993

ISBN 978-88-04-48041-9

Questo volume è stato stampato
presso Mondadori Printing S.p.A.
Stabilimento NSM - Cles (TN)
Stampato in Italia. Printed in Italy

Anno 2010 - Ristampa   23 24 25 26 27 28

Introduzione

di Claudio Toscani

Ha ventinove anni Dino Buzzati, quando pubblica il suo secondo libro, *Il segreto del Bosco Vecchio*. E se era stata involontaria l'apparizione del romanzo d'esordio (*Bàrnabo delle montagne*, del '33), ora è intenzionale la stampa di *Il segreto*, nonostante la non esaltante accoglienza del testo precedente da parte di critici e recensori, e tenuto conto che il momento è difficile (l'Italia è in guerra con l'Etiopia, la Società delle Nazioni ci isola dal contesto mondiale, Hitler inaugura le leggi razziali, Mussolini si consolida e la censura cresce, inaugurando un tempo di vita fittizia e stranita, in apparenza intransigente ma in realtà corrotta e licenziosa). Il fascismo ha ormai realizzato la cultura dell'azione e il suo primato sulle categorie del pensiero. Molti gli scrittori sommersi dalla propaganda; pochi gli scampati, attraverso le vie del bello scrivere, dell'ermetismo, del realismo magico, dell'evasione. Dal canto suo, Bosco Vecchio è un mito: è la foresta sacra dove affondano le loro radici l'infanzia dello scrittore e quella dell'umanità, dimensione incontaminata che simbolizza la vita come forza gioiosa e gratuita, disinteressata ed eterna, sopra le transitorie, ancorché obbliganti, fenomenologie dei poteri.

V

Alla morte di Antonio Morro, la sua sterminata tenuta boschiva va in eredità, nella sua parte più contenuta (il "Bosco Vecchio", appunto), al nipote Sebastiano Procolo; nella sua restante e maggiore estensione, al nipote di Sebastiano, il dodicenne Benvenuto, per ora in collegio. "Bosco Vecchio" è abitato da un popolo di "genî", custodi degli alberi, titolari della magica possibilità di trasformarsi a piacere in animali o in uomini, nonché di uscire dai loro domestici tronchi per vivere una vita del tutto uguale alla nostra. Il "genio" Bernardi, una sorta di anziano patriarca di questa fantastica comunità, alla notizia del trapasso, si reca dal nuovo padrone, il colonnello Procolo, intenzionato a conoscere la sua volontà. "Bosco Vecchio" era sempre stato rispettato, e grande è l'angoscia di Bernardi quando viene a sapere che ora la selva sarà sistematicamente abbattuta, in vista di un intensivo sfruttamento delle sue ricchezze. Visti inutili tutti i suoi sforzi di dissuasione presso il nuovo proprietario, Genio Bernardi, per evitare la strage del suo popolo, pensa di ricorrere a vento Matteo, un vento tanto dannoso da essersi meritato l'esilio in un antro montano. Ma prima di lui arriva l'astuto colonnello, che malvagiamente lo libera, per farsene strumento d'incondizionata obbedienza contro gli scomodi abitatori del bosco. Ai quali non resta, per ora, che promettere a Procolo una sistematica quantità di legname in cambio della vita loro e delle loro piante.

Ma ben presto Procolo vuole per sé l'intero appezzamento, vale a dire anche la parte di Benvenuto. Un giorno che il ragazzo visita il bosco, comincia a scagliargli contro vento Matteo, per fortuna senza risultato (anche perché, durante la sua lunga assenza dalla valle, il suo posto è stato preso dal tutt'altro che cattivo vento Evaristo, ma suo inesorabile rivale). Il desiderio di togliere di mezzo Benvenuto non si arresta al primo tentativo. Il colonnello tenterà ancora di sbarazzarsi del ragazzo, per ben due volte.

Molte cose accadono ancora in "Bosco Vecchio" (tra le altre, un flagello di larve divoratrici, cacciate a stento da vento Matteo, sempre agli ordini del colonnello). Ma le mire di Procolo continuano, finché un giorno, quando sembra che per Benvenuto, nel frattempo ammalatosi gravemente, non ci sia più alcuna speranza, l'intero bosco si solleva, processa e condanna Procolo che piomba nel più assoluto isolamento materiale e morale (persino la sua ombra, vale a dire la sua coscienza, lo abbandonerà).

Ma ecco: dopo aver tanto desiderato la morte del ragazzo, il colonnello comincia a provare affetto per lui. I rapporti si invertono: Procolo invoca per Benvenuto l'aiuto dei "genî" (sollevandoli da ogni obbligo e schiavità). Ma vento Matteo, che non sa del cambiamento d'animo del suo "signore", in un ultimo tentativo di riscuotere la sua ammirazione, annuncia falsamente a Procolo che Benvenuto è morto sotto una slavina. Non è vero, ma il colonnello non lo sa. Un'onda di pietà, e forse di vergogna, assale Procolo che corre sul luogo della disgrazia, mettendosi a scavare, solo, nella notte. Sarà la sua morte, nell'estremo tentativo di salvare il nipote. Il conto si pareggia e Procolo riacquista la sua dignità di uomo. E anche quella di colonnello se, con le luci dell'alba, sorgono pure i fantasmi dei suoi vecchi compagni d'armi, in parata di gala, per scortarlo nel paese delle anime.

Una trama ideale, è chiarissimo, sovrasta il mero intreccio dei fatti.

Aveva detto Genio Bernardi al colonnello Procolo: «A una certa età tutti voi, uomini, cambiate. Non rimane più niente di quello che eravate da piccoli». E a Benvenuto stesso: «Ma anche tu un bel giorno non ti farai più vedere e anche se tornerai, non sarà più la stessa cosa ... Domani comincerà per te una nuova vita, ma non capirai più molte cose: non li capirai più, quando parlano, gli alberi, né gli uccelli, né i fiumi, né i venti ...».

Ristabiliti gli effetti della profanazione al tempio della natura, il ragazzo lascerà l'età verde, il meraviglioso tempo in cui tutto è incanto e dolcezza, e ogni sogno possibile, per entrare nell'età della coscienza, ma più rischiosamente in quella dei nefasti compromessi della ragione.

Finita la favola, perduta l'innocenza, Benvenuto cessa di essere bambino, cominciando a correre tutti i rischi della vita, cominciando soprattutto a patire, sia la cognizione del dolore che il dolore della cognizione.

Ma restiamo per ora a "Bosco Vecchio", al fantastico buzzatiano che vi anima personaggi e paesaggi, e vi fa parlare esseri normalmente muti o inanimati, li fa riflettere, agire, giudicare.

In tutti i suoi libri Buzzati ha saputo fondere realtà e stravaganza, logica e assurdo, rigore e bizzarria, metodo e prodigio, e *Bosco Vecchio* non ci sorprende se nelle sue pagine un animale ha parole umane e una foresta si muta in una società.

Non è debitore a nessuno, Buzzati, della sua concezione del fantastico letterario. Non si trovano nei suoi testi gli spiccioli di un Todorov (per cui il fantastico è una "esitazione" tra naturale e soprannaturale), o di un Borges (che lo assimila al caos), o di un Casares (che lo ritiene un gioco filosofico e intellettuale), o di un Kafka (che lo sposa all'assurdo tragico di una condanna senza colpa). Il fantastico di Buzzati è un inno all'infanzia, uno spazio di libertà dove abita il desiderio di capire il mistero, l'ignoto, il plausibile.

E "Bosco Vecchio" è l'eden perduto (quello ancestrale e collettivo dell'umanità intera, e quello personale e privato della verginità coscienziale dei primi anni di vita). "Bosco Vecchio" è la selva sacra, l'incantata foresta d'infanzia dove alberga la pura e inatteggiata creatività della poesia.

Un "fantastico", questo di Buzzati, reso per altro con linguaggio orizzontale, ingenuo persino, facile e a volte patetico, o romantico meglio. Ci fa credere nell'incredibile perché i suoi segreti, le sue magiche coincidenze, le sue rivelanti metamorfosi, i suoi suscitanti sortilegi, sono un inverosimile che ci aiuta a esaurire il verosimile.

Alla fine, con travolgente sorpresa, ci accorgiamo che Buzzati non inventa troppo, e neanche molto.

Solo la menzogna ha bisogno di essere inventata.

C.T.

Cronologia

a cura di Giulio Carnazzi

1906

Dino Buzzati Traverso nasce il 16 ottobre a Belluno, nella villa di proprietà della famiglia in località San Pellegrino. Ma per gran parte dell'anno i Buzzati risiedono a Milano, nella casa di piazza San Marco 12. Il padre, Giulio Cesare Buzzati, è professore di Diritto internazionale all'Università di Pavia e alla Bocconi di Milano. La madre, Alba Mantovani, è discendente di una nobile famiglia, e sorella del letterato e scrittore Dino Mantovani. I Buzzati avranno quattro figli: Augusto (1903), Angelina (1904), Dino, e Adriano (1913). Negli anni dell'infanzia si sovrappongono in Dino le suggestioni legate al luogo di origine e quelle derivate dall'ambiente cittadino. «Le impressioni più forti che ho avute da bambino appartengono alla terra dove sono nato, la Valle di Belluno, le selvatiche montagne che la circondano e le vicinissime Dolomiti. Un mondo complessivamente nordico al quale si è aggiunto il patrimonio delle rimembranze giovanili e la città di Milano dove la mia famiglia ha sempre abitato d'inverno» (*L'uomo libero di Buzzati cerca un'uniforme per vincere la paura*, in «Il Giorno», 26 maggio 1959). E la Milano scoperta nei primi anni è quella cui Buzzati rimarrà sempre fedele: il quartiere che si estende tra via San Marco e il Pontaccio, tra corso Garibaldi e piazza Castello.

1916

È iscritto al Ginnasio Parini di Milano, allora con sede in via Lulli. Vi conosce Giovanni Mira e Arturo Brambilla. Mira era lo scolaro migliore, il vero primo della classe. «Brambilla era secondo. E terzo ero praticamente io. Ma la superiorità di Mira era una cosa spaventosa, anche irritante...» (Y. Panafieu, *Dino*

Buzzati: un autoritratto, Mondadori, Milano 1973, pp. 62-63). Soprattutto con Arturo si stabilisce un rapporto destinato a durare: il fedele "Illa", che sarebbe poi divenuto professore di latino e greco al Liceo Beccaria, rimarrà il primo degli amici di Dino.

1919

Frequenta il ginnasio superiore. La famiglia si trasferisce in piazza Castello 28. È una casa dell'alta borghesia colta, dotata di una ricca biblioteca: Dino vi abita con i genitori, i fratelli Augusto e Adriano, la sorella Nina.

Nasce in lui la passione per l'egittologia, che coltiva insieme con l'amico Arturo. È un libro di Gaston Maspéro, *La storia dell'arte egiziana*, che accende la fantasia dei due ragazzi. «Eravamo in quarta ginnasio. Avevamo tredici anni. È stato una follia. Tutto quello che era Osiride, Iside, Anubis, Orus, eccetera, Ramsete, Sesostri, bastava vederlo e avevamo un senso di emozione quasi fisica. Lui faceva un poema su Orus, io facevo un poema su Anubis e così via...» (*Dino Buzzati: un autoritratto*, cit., p. 27). Dino è anche affascinato dalle tavole di un grande illustratore inglese, Arthur Rackham. A tredici-quattordici anni comincia a leggere autori come Poe e Hoffmann.

1920

Muore il padre, per un tumore al pancreas. Di lui Dino ha un ricordo «assai vago», come dirà molti anni dopo commentando su un settimanale le foto del suo album di famiglia: «Conservo un ricordo assai vago della sua persona. Forse anche perché portava la barba dava l'impressione, a me ragazzo, di essere molto vecchio. Quello che posso dire con certezza è che era un uomo estremamente chic: aveva una distinzione naturale, amava l'eleganza, non perdeva mai il controllo di se stesso ... Se ho preso qualche cosa da lui, è stato senza dubbio il mio gusto nel vestire» (G. Grieco, *La mia vita, i miei amici*, in «Gente», 9 luglio 1969). Si sviluppa in lui la passione per la montagna, a cui rimarrà fedele per tutta la vita. Compie le prime escursioni sulle Dolomiti: con il fratello Augusto e poi con gli amici Alessandro Bartoli, Arturo Brambilla, Emilio Zacchi. Di Bartoli Dino ricorderà la vocazione per l'alpinismo: «Era molto più bravo di me, e sareb-

be diventato uno dei più grandi alpinisti del mondo, come capacità, volontà e fisico, senonché morì in montagna nel 1928 per un incidente cretino» (*Dino Buzzati: un autoritratto*, cit., p. 60).
Comincia a scrivere e a disegnare. Legge i romanzi di Dostoevskij. Nel dicembre compone una prosa poetica, *La canzone alle montagne*. Tiene un diario, in cui continuerà ad annotare, con una breve pausa tra il 1966 e il 1970, impressioni, giudizi, pensieri.

1924
Supera gli esami di maturità. Ne scrive, da Agordo, all'amico Arturo Brambilla: «Essendo passato, sono felice. Me ne frego dei voti più o meno belli. A me basta essere venuto fuori da quell'abominevole scuola» (lettera del 10 agosto 1924, in *Lettere a Brambilla*, a cura di L. Simonelli, Istituto Geografico De Agostini, Novara 1985, p. 154). Il solo professore per cui conserva sentimenti di gratitudine è Luigi Castiglioni, latinista di fama, docente severo e amato: anche in un articolo di molti anni dopo rievocherà «le sue meravigliose virtù di insegnante» (D. Buzzati, *Tante lodi e tutte sincere paiono troppe a Luigi Castiglioni*, in «Corriere della Sera», 7 maggio 1961). Dopo alcune esitazioni, si iscrive alla facoltà di Legge.

1926-1927
Chiamato a svolgere il servizio militare, frequenta il corso per allievi ufficiali presso la Caserma Teulié, a Milano, in corso Italia. In una lettera dell'8 settembre 1926 scrive: «Ora sono qui in questa specie di prigione in cui bisogna lavorare senza requie dalla mattina alla sera. Orribilmente ricoperti come forzati, sempre sotto la minaccia di punizioni. Così che le pupe, le montagne, la musica, la libertà appaiono cose così straordinariamente belle che sembra non si potranno più avere» (*Lettere a Brambilla*, cit., p. 182).
Il 30 settembre del 1927 è congedato dal servizio di leva con il grado di sottotenente. Presenta regolare domanda di assunzione al «Corriere della Sera».

1928
È assunto al «Corriere», come praticante cronista. Annota il 10 luglio, nel diario: «Oggi sono entrato al Corriere, quando ne uscirò?

XIII

– presto, te lo dico io, cacciato come un cane». Raccoglie le notizie dai commissariati e stende brevi trafiletti per la cronaca cittadina. Il 30 ottobre si laurea in Legge, con una tesi su *La natura giuridica del Concordato*. Riporta una votazione di 95/110. Così valuterà, in una lettera del 15 febbraio 1930, la conclusione dei suoi studi: «Da piccolo a scuola e anche all'università ho conosciuto dei falsi trionfetti che mi hanno montato: mi sono creduto superiore alla media. Il fiasco alla laurea è stato il primo segno del ristagno» (*Lettere a Brambilla*, cit., p. 197).

Si innamora di Beatrice ("Bibi") Giacometti. Annota nel diario, in dicembre: «Domenica sono stato a ballare con la Bibi al Camparino. Mi dispiace che la mamma abbia paura di questo amore».

1929

Nel novembre viene promosso redattore interno, e liberato dall'incarico di «fare i commissariati». Diventa anche vice del titolare Gaetano Cesari per la critica musicale. Deve seguire i concerti e il programma minore della Scala. Dino non è digiuno di qualche competenza: aveva, fin dagli anni dell'infanzia, studiato violino e pianoforte. Ma svolge senza entusiasmo tale compito che lo impegna, presumibilmente, fino all'agosto del 1930. Di Bibi parla nelle lettere a Brambilla. In quella del 25 luglio 1929: «Poi voglio bene alla deliziosa pupa e lavoro al giornale con notevole serenità» (*Lettere a Brambilla*, cit., p. 191), e in una di poco posteriore (2 settembre): «La B., che purtroppo sempre più amo, è ad Alleghe per 10 giorni e ha fatto il viaggio insieme con me» (*ibid.*, p. 192).
La famiglia si trasferisce nella casa di via Donizetti 20.

1930

In una lettera del 13 gennaio delinea un bilancio della situazione: «Io continuo a fare la solita vita: concerti, paura di fare qualche fotta nella cronaca scaligera, inquietudini, vedere un po' la B., essere solo, pensare alle montagne piene di neve dove sono adesso perfino mio cognato, la Nina e la pupa. Poi vorrei fare qualche cosa d'altro o studiare o suonare il piano, o scrivere qualche capolavoro; ma mi viene un'apatia spaventosa e sento che il mio cervello si spappola nella vita attiva» (*Lettere a Brambilla*, cit., p. 195).

Dopo due anni di praticantato è iscritto come professionista (14 febbraio) al sindacato dei giornalisti (allora Sindacato fascista lombardo dei giornalisti).

In vacanza a San Pellegrino, compie a giugno e settembre due campagne alpinistiche. Nella salita della Cima Piccola di Lavaredo è con lui la guida Giuseppe Quinz, di Misurina.

Durante le escursioni e le scalate raccoglie idee per il primo romanzo. Annota nel diario: «Penso alla storia di BÀRNABO DELLE MONTAGNE, che attende di essere scritta. Ecco prima la strada che va su verso la valle, la sera e la stanchezza di Bàrnabo giovane; meglio passare al di là – la notte il fuoco lontano, il suono delle sette armoniche. La vita nella casa alta, la caccia, la cornacchia prigioniera, la tempesta ed il racconto di quello ch'era stato. La guardia alla polveriera, il pomeriggio grigio e gli spiriti i vecchi ultimi spiriti della montagna».

Inizia la collaborazione a «Il Popolo di Lombardia», settimanale «politico-sindacale della Federazione provinciale fascista milanese». Vi pubblica articoli, racconti, disegni.

1932

Il 13 aprile muore improvvisamente, per un attacco di peritonite, Beatrice Giacometti.

Fa leggere al capocronista del «Corriere» Ciro Poggiali il manoscritto di *Bàrnabo*. Poggiali si impegna a trovargli un editore. Nuovo trasferimento della famiglia in viale Majno 18.

1933

Passa in redazione e cura, insieme con Emilio Radius, le corrispondenze «dalle province». Ricorderà tale incarico, che mantenne fino al '39, in un articolo di molti anni più tardi: «Domenica sera, quando si entrava in redazione, ci aspettava uno spettacolo desolante: gigantesche pile di fogli, dattiloscritti, manoscritti, telegrammi, che venivano da ogni parte d'Italia. Per il 95 per cento cerimonie: adunate, celebrazioni, inaugurazioni, sagre, visite e discorsi di gerarchi; e tutti invariabilmente terminavano con deliranti acclamazioni all'indirizzo del "Duce"... Noi redattori dovevamo trasformare quelle corrispondenze, in

XV

genere prolisse e nauseabonde, in un notiziario che avesse un minimo di umanità e di decenza. Impresa improba che alle cinque del mattino ci faceva rincasare estenuati, con la testa ridotta a una vescica ...» (D. Buzzati, *Quello strano umore che si chiamò fascismo*, in «Corriere della Sera», 21 novembre 1964). Con Radius stabilisce un rapporto di fraterna amicizia. «In questo lavoro ero inesperto, e anche piuttosto intimidito dall'ambiente nuovo. Potevo fare delle fesserie. Ora, lui mi ha aiutato senza quasi ch'io me ne accorgessi. Anziché fregarmi lui mi ha aiutato a fare bella figura, il che è tanto contrario a quello che succede di solito nella vita!» (*Dino Buzzati: un autoritratto*, cit., p. 61). Pubblica sul «Corriere» il suo primo elzeviro: *Vita e amori del cavalier rospo. Il Falstaff della fauna* (27 marzo).

Il romanzo *Bàrnabo delle montagne* esce per le edizioni Treves-Treccani-Tumminelli.

Per incarico del giornale Buzzati parte per la Palestina. Fa tappa in Grecia, in Siria, in Libano. Ne nascono alcune corrispondenze dalla motonave *Augustus* (*I misteri della motonave*, in «Corriere della Sera», 19 agosto 1933) e dalle città visitate nel corso del viaggio.

1934

Si collocano in questi mesi le prime letture dei libri di Kafka. Buzzati ne dà conto in una lettera ad Arturo Brambilla del 3 aprile 1934: «Non sono andato avanti per complesse ragioni fisiche e temporali, nel libro di Kafka» (*Lettere a Brambilla*, cit., p. 219) e in una del 2 giugno 1935: «Scrivimi cosa ti sembra *Il Castello*. È più Kafkiano ancora del *Processo*, mi sembra» (*ibid.*, p. 231). Termina la stesura del *Segreto del Bosco Vecchio*. Il 28 settembre scrive a Brambilla: «Due minuti fa ho finito la mia storia meditata da oltre due anni. A me piace, ma questo non basta» (*Lettere a Brambilla*, cit., p. 222).

1935

È colpito da una dolorosa mastoidite che rende necessaria un'operazione. Il decorso della malattia gli suggerisce pessimistiche considerazioni. Da queste fantasie nasce il racconto *Sette piani*, poi su «La Lettura», 1° marzo 1937. Scrive a Brambilla il 29 marzo:

«Eccomi oggi di ritorno dalla casa di salute dopo dodici giorni di cosiddetta degenza, piuttosto sfessato e triste. Mi hanno detto che l'operazione è stata abbastanza grave perché hanno dovuto levare pus che si era formato a contatto della prima meninge» (*Lettere a Brambilla*, cit., p. 226).

Pur continuando a lavorare nella redazione del «Corriere», nell'aprile è chiamato a occuparsi del periodico «La Lettura», supplemento letterario che esce con cadenza mensile. Sulla rivista pubblicherà alcuni dei suoi racconti migliori: *Sette piani* (marzo 1937), *Una cosa che comincia per elle* (gennaio 1939), *I sette messaggeri* (giugno 1939), *Eppure battono alla porta* (settembre 1940). Esce, sempre per le edizioni Treves-Treccani-Tumminelli, *Il segreto del Bosco Vecchio*. Compone con il cognato Eppe Ramazzotti *Il libro delle pipe*, che verrà pubblicato dieci anni più tardi, con preziose illustrazioni dello stesso Buzzati.

1936
Si interrompe il suo lavoro per «La Lettura» e Dino riprende al «Corriere» l'orario completo di redazione.

1939
Il 12 aprile si imbarca a Napoli e parte per Addis Abeba, come inviato speciale. Rimarrà per circa un anno in Etiopia, impegnato in un compito che lo sottrae alla routine del lavoro redazionale. *Gibuti in letargo*, pubblicato sul «Corriere della Sera» del 7 maggio 1939, è l'articolo che inaugura la serie "africana". Prima di partire consegna il manoscritto de *La Fortezza* a Leo Longanesi, che lo accoglierà nella collana "Il sofà delle Muse" dell'editore Rizzoli. Longanesi chiederà poi un mutamento del titolo e il romanzo acquisirà allora quello definitivo, *Il deserto dei Tartari*.

1940
Dopo aver superato un attacco di tifo lascia Addis Abeba in aprile per un breve congedo in Italia. Il 6 giugno è a Napoli e si accinge a tornare in Etiopia. Ma le navigazioni per l'Africa vengono sospese: si è alla vigilia del conflitto con la Francia e la Gran Bretagna.

Il 10 giugno a Roma ascolta il discorso di Mussolini e la dichiarazione di guerra.

Richiamato alle armi, il 30 luglio riparte da Napoli, imbarcato sull'incrociatore *Fiume* come corrispondente di guerra e raggiunge la zona delle operazioni navali del Mediterraneo. Il 27 novembre, a bordo del *Trieste*, partecipa alla battaglia di Capo Teulada. Così lo ricorda un testimone diretto, Giorgio Dissera Bragadin: «Dino Buzzati, pur non essendo dei nostri, non avendo cioè specifiche mansioni nel tiro o nella manovra ... rimaneva sempre al suo posto, dimostrando calma e coraggio» (*Dino Buzzati*, a cura di A. Fontanella, Olschki, Firenze 1982, p. 350).

Da Addis Abeba continua a seguire le fasi di composizione e di stampa del nuovo romanzo. Scrive il 16 febbraio all'amico Arturo e lo incarica di correggere le bozze e di procedere a un ritocco dettato dal timore di eventuali censure: si dovrà passare dal "lei" al "voi" nei dialoghi, per uniformarsi alle direttive del regime (*Lettere a Brambilla*, cit., p. 249). Finalmente *Il deserto dei Tartari* esce in giugno, presso l'editore Rizzoli. «La copertina era gialla, con il titolo in carattere egizio e nel risvolto una fotografia dell'autore, molto romantica» (G. Afeltra, *Il tenente Drogo dal «lei» al «voi»*, in «Corriere della Sera», 20 settembre 1990). Il libro ha successo, la prima edizione si esaurisce rapidamente. Sul «Corriere della Sera» del 2 agosto viene pubblicata una recensione di Pietro Pancrazi, che giudica *Il deserto* «uno dei romanzi più singolari che si siano pubblicati da noi negli ultimi anni». Il 3 agosto da Napoli Dino scrive a Brambilla: «Hai visto l'articolo di Pancrazi? Un bell'onore in fondo. E mi ha detto cose molto simpatiche» (*Lettere a Brambilla*, cit., p. 252).

Lascia Rizzoli e il 25 novembre firma con la casa editrice Mondadori un contratto che lo impegna per la pubblicazione delle opere future (prevede una durata di cinque anni «a datare dalla consegna del primo manoscritto»).

1941
Il 28-29 marzo partecipa alla battaglia di Capo Matapan, assistendo all'affondamento dell'incrociatore *Pola* e rischiando la morte. Il 17 dicembre prende parte alla prima battaglia della Sirte.

1942

Agli inizi dell'anno è a Messina, dove, per incarico delle autorità della Marina, lavora alla preparazione di un libro «sulla attuale nostra guerra navale»: l'opera non verrà portata a compimento. Si imbarca di nuovo in marzo. È presente, sempre come corrispondente di guerra, alla seconda battaglia della Sirte (22 marzo). È a bordo del *Gorizia* quando assiste allo svolgimento delle operazioni, che ricostruirà poi in un ampio e documentato articolo, *La tempesta salvò gli Inglesi nella seconda battaglia della Sirte* («Corriere della Sera», 6 aprile 1947). In un successivo scritto, *Fecero di giorno notte gli Inglesi alla seconda Sirte* (4 aprile 1953), dirà di condividere, da testimone diretto dei fatti, le opinioni e le giustificazioni dell'ammiraglio Angelo Iachino. Nell'agosto è richiamato a Milano.

A Messina incontra C.M., la donna con la quale inizia una lunga e difficile relazione. Da San Pellegrino scrive a Brambilla il 29 agosto 1942: «Ma invece mi trovo in una deplorevole condizione: di amare una donna la quale credo, sul serio, che mi voglia abbastanza bene, nello stesso tempo di non vedere nel futuro, per tale legame, che amarezze, lontananza, sospetti eccetera; che cosa posso sperare di tirarne fuori?» (*Lettere a Brambilla*, cit., pp. 268-69). Alla fine della guerra Buzzati rintraccerà la donna, e con l'aiuto degli amici Indro Montanelli e Silvio Negro, la farà venire a Milano, occupandosi della sua sistemazione.

Esce la raccolta *I sette messaggeri* (Mondadori, Milano), il primo libro pubblicato da Dino con il suo nuovo editore.

Compare la traduzione tedesca del *Deserto*: *Im vergessenen Fort*, traduzione di R. Hoffman, Zsolnay Verlag - K.H. Bischoff, Wien 1942. È la prima versione del romanzo in lingua straniera.

1943-1944

La caduta del fascismo provoca terremoti al «Corriere» e coglie Buzzati nel pieno svolgimento del consueto lavoro. Il 25 luglio Aldo Borelli è sostituito alla direzione da Ettore Janni, che a sua volta all'arrivo dei tedeschi (9 settembre) si allontana dal giornale. Gli subentra Ermanno Amicucci, con il quale il quotidiano di via Solferino si allinea alle posizioni degli occupanti. Alla fine d'agosto Dino termina il suo servizio in Mari-

XIX

na e lascia l'incarico di corrispondente di guerra: l'ultimo articolo inviato «da una base navale» è pubblicato l'8 agosto 1943 (*Il cappellano porta fortuna*). Mentre si trova a Napoli è richiamato dalla direzione del «Corriere». Rientra a Milano e riprende il suo vecchio lavoro. «L'8 settembre il giornale diede ordine a Buzzati di restare al lavoro in redazione e Buzzati ci restò» (I. Montanelli, *Tali e quali*, Longanesi, Milano 1951, p. 197). Svolge il suo compito in mezzo a difficoltà di ogni genere, mentre la maggior parte dei suoi amici ha abbandonato il «Corriere». Continua a pubblicare, ma con frequenza via via decrescente, articoli e testi che in qualche caso ristamperà in successivi volumi: *La questione della porta murata* (26 settembre 1943), *Progetto sfumato* (29 settembre 1943), *L'uomo nero* (2 aprile 1944), *Patrocinatore dei giovani* (20 aprile 1944), *Cuore intrepido* (27 aprile 1944), *Miniera stanca* (6 maggio 1944), *Mercato nero* (20 maggio 1944), *L'esattore* (3 giugno 1944), *Scherzo* (23 giugno 1944), *Dopo tanto tempo* (25 giugno 1944), *La fine del mondo* (7 ottobre 1944), *Pranzo di guerra* (15 dicembre 1944), *Una goccia* (25 gennaio 1945).

1945
Esce a puntate sul «Corriere dei Piccoli», tra il 7 gennaio e il 29 aprile, *La famosa invasione degli orsi*, con le tavole a colori dello stesso Buzzati. La pubblicazione rimane interrotta e la favola, rielaborata dall'autore, verrà riproposta in volume con il titolo *La famosa invasione degli orsi in Sicilia* (Rizzoli, Milano 1945). Si dirada la sua collaborazione al «Corriere». Ma è richiamato in redazione il 25 aprile dopo che del giornale ha assunto la direzione Mario Borsa. Ricorda Gaetano Afeltra: «Era a casa come se nulla stesse accadendo. Cenava con la mamma. Gli dissi di venire. Non si scompose, né chiese il perché di quell'unica violazione alla messa al bando di tutti i collaborazionisti. Anche lui arrivò in bicicletta» (*Buzzati e il Corriere*, suppl. al «Corriere della Sera», 12 giugno 1986). Scrive a tamburo battente il racconto delle vicende della città liberata, quella *Cronaca di ore memorabili* che campeggia il giorno dopo in prima pagina («Il Nuovo Corriere», 26 aprile 1945). Alle vicissitudini politico-editoriali del giornale Buzzati assiste in modo più defilato. È impegnato nel progetto di realizzazione

di un nuovo quotidiano, di orientamento liberale moderato, «Il Corriere Lombardo», che realizza insieme con Gaetano Afeltra, Bruno Fallaci, Benso Fini. Il primo numero esce il 30 luglio 1945. In una pagina di diario datata «Giugno 1945» registra alcune sue impressioni sulla fine del conflitto: «Le città nottetempo sono illuminate, le finestre aperte, gli animi tornati ormai alle cose di un tempo che parevano perdute, il sole vogliamo dire sulle spiagge felici, i suoni di festa dalle aeree logge, le partenze verso regni favolosi, le avventure di notti lontane, le speranze, i sogni (la luna non fa più paura). Eppure da un momento all'altro, oggi o domani, domani o dopodomani l'altro, misericordia di Dio, ma che cosa abbiamo fatto per avere tutto questo? Il silenzio ora regna sulle notti, gli amori, delicate chitarre, sospiri, canti, fischi di locomotive, tenebrose sirene di piroscafi illuminati in partenza, pieni di fatalità. Ma non è un gioco questo, un inganno? Forse che è mutata la nostra condanna, ch'era così giusta?» (*In quel preciso momento*, Mondadori, Milano 2006, pp. 21-22).
Esce la seconda edizione del *Deserto dei Tartari*. La pubblica Mondadori, cui Rizzoli ha ceduto i diritti di ristampa, dopo laboriose trattative.

1946
Esauritasi l'esperienza del «Lombardo», Buzzati torna nel novembre al «Nuovo Corriere della Sera» diretto da Mario Borsa.

1947
Il 16 luglio quarantaquattro bambini ospiti di una colonia milanese muoiono annegati ad Albenga per il naufragio di una motobarca. Buzzati detta alla telescrivente una cronaca divenuta celebre, *Tutto il dolore del mondo in quarantaquattro cuori di mamma* («Corriere della Sera», 18 luglio 1947).

1948
Scrive *Paura alla Scala*, un ampio racconto in forma di parabola in cui rappresenta la paura "dei rossi" che aveva attanagliato la borghesia milanese dopo l'attentato a Togliatti. Il tema gli era stato proposto da Arrigo Benedetti, direttore de «L'Europeo».

Sul settimanale il racconto esce, in quattro puntate e come «romanzo breve», tra l'ottobre e il novembre.

1949

È inviato del «Corriere» al seguito del Giro d'Italia, di cui racconta le vicende, incentrate sul duello tra Bartali e Coppi, con liberi e fantasiosi commenti. Gli articoli di Buzzati, pubblicati dal 18 maggio al 14 giugno, verranno poi raccolti in *Dino Buzzati al Giro d'Italia*, a cura di C. Marabini, Mondadori, Milano 1981. Pubblica un nuovo libro di racconti, *Paura alla Scala*, sempre presso Mondadori.

Esce la traduzione francese del *Deserto*: *Le Désert des Tartares*, traduzione di M. Arnaud, Laffont, Paris 1949. Farà da apripista alla cospicua fortuna dell'opera buzzatiana tra i lettori francesi. L'editore Robert Laffont è un ammiratore di Buzzati e svolge un ruolo non secondario nel promuovere l'affermazione dello scrittore italiano.

1950

Diviene vicedirettore della «Domenica del Corriere», affidata ufficialmente a Eligio Possenti. Manterrà tale incarico fino al 1963. Il suo nome non figura nello staff della redazione, ma di fatto spetta a lui il compito di sovraintendere alla realizzazione del popolare settimanale (N. Giannetto, *Uno scambio di lettere fra Calvino e Buzzati*, in «Studi buzzatiani», I, 1, p. 103). Verrà citato solo a posteriori nel numero 1 del 1964, in cui Possenti, abbandonando il suo incarico, ringrazia tra gli altri «Dino Buzzati, geniale e operoso, che mi fu compagno e vicedirettore dal 1950 ad oggi». È in realtà una sorta di direttore occulto e dà un taglio suo alla rivista, scrivendo pochissimo, commissionando articoli e lavorando di fino sui titoli e sulle didascalie. Il suo amore per il mestiere e le sue inclinazioni per un certo *côté* fantastico-popolare trovano non inadeguato ricetto in quel settimanale di larga diffusione: la «Domenica» di Buzzati «reste encore entièrement à découvrir pour pouvoir comprendre l'écrivain, son rapport entre réalité et imagination, son vrai rapport avec le fantastique qui ne passe pas tellement par Kafka (comme on dit souvent) mais par le féerique italien» (A. Cavallari, *Buzzati journaliste*, in *Dino Buzzati*, cit., p. 272).

Viene pubblicato sulla «Revue de deux mondes» un articolo di Marcel Brion, saggista e narratore di fama, che contribuisce a richiamare l'attenzione sull'autore del *Deserto*: M. Brion, *Trois écrivains italiens nouveaux*, in «Revue de deux mondes», 19, 1950, pp. 530-39.
Presso l'editore Neri Pozza di Venezia, Buzzati pubblica *In quel preciso momento*, una raccolta di prose, abbozzi, pagine diaristiche.

1953
Il 14 maggio viene rappresentato al Piccolo Teatro di Milano, per la regia di Giorgio Strehler, *Un caso clinico*. La *pièce* ha un esiguo numero di repliche ma è accolta con favorevoli giudizi. Il più autorevole critico del momento, Silvio D'Amico, la recensisce sul «Tempo» del 22 maggio 1953: «Di Dino Buzzati, scrittore sui generis, è stato detto fra l'altro che il suo genere sarebbe il "pezzetto". La verità si è che tra le sue virtù ci sono quelle del costruttore: e buon naso hanno avuto Paolo Grassi e Giorgio Strehler quando, non scoraggiati dall'esito dubbio o negativo d'altri tentativi per portare al loro Piccolo Teatro scrittori di cartello, si sono rivolti al romanziere Dino Buzzati».

1954
Esce presso Mondadori un nuovo volume di racconti, *Il crollo della Baliverna*, con cui l'autore il 23 ottobre vince il premio Napoli, *ex aequo* con Cardarelli, premiato per il suo *Viaggio di un poeta in Russia*.

1955
Viene presentata a Parigi la commedia *Un cas intéressant*, trasposizione di *Un caso clinico*. Autore dell'adattamento è Albert Camus. L'opera va in scena il 9 marzo al Théâtre La Bruyère, con la regia di Georges Vitaly e alla presenza dello stesso Buzzati. Suscita l'interesse del pubblico e della critica; e si avvale dell'acuta presentazione di Camus, che con Buzzati stringe un rapporto di amicizia e di simpatia: «Même lorsque les Italiens passent par la porte étroite que leur montrent Kafka ou Dostoievski, ils y passent avec tout leur poids de chair. Et leur noirceur rayonne encore. J'ai trouvé cette simplicité à la fois tragique et familière

dans la pièce de Buzzati et j'ai, en tant qu'adaptateur, essayé de la servir» (in D. Buzzati, *Œuvres*, Laffont, Paris 1995, p. 697). Compone il libretto di *Ferrovia soprelevata*, racconto musicale in sei episodi, con cui si avvia la sua collaborazione con il musicista Luciano Chailly. L'opera è rappresentata il 1° ottobre al teatro Donizetti di Bergamo.

1957
Conosce Yves Klein alla galleria Apollinaire di via Brera. Alla sua mostra dedica un resoconto (*Blu, blu, blu*) sul «Corriere d'Informazione» del 9-10 gennaio.

1958
Esce presso Mondadori la raccolta *Sessanta racconti*, un'antologia personale curata dallo stesso Buzzati mediante una selezione di pezzi in parte già inclusi in precedenti raccolte. Il libro ottiene il premio Strega; vince con 135 voti contro i 118 attribuiti a *Il soldato* di Carlo Cassola. A tale occasione si lega l'importante intervento di G. Debenedetti, *Dino Buzzati, premio Strega*, in «La Fiera letteraria», 20 luglio 1958 (poi in *Intermezzo*, Mondadori, Milano 1963, pp. 181-89). Il 1° dicembre alla galleria dei Re Magi, «al pianterreno di un austero palazzetto milanese, con ingresso ad arco e pusterla, nella Milano che rammenta gli scapigliati, fu inaugurata la prima mostra del pittore Dino Buzzati» (A. Sala, *Dino Buzzati pittore: la frontiera perenne*, in *Dino Buzzati*, cit., p. 307).

1959
Nel marzo va in scena alla Scala di Milano *Jeu de cartes* di Igor Stravinskij. Buzzati è autore del bozzetto e dei costumi.
In aprile incontra S.C., la giovane donna che poi diverrà la protagonista di *Un amore*.
Il 30 settembre viene presentata al teatro Villa Olmo di Como l'opera buffa in un atto *Procedura penale*, con musiche di Luciano Chailly.

1960
Pubblica sul «Corriere d'Informazione» del 5-6 gennaio un ricordo di Albert Camus (*Era un uomo semplice*), che aveva conosciuto alcuni anni prima a Parigi.

Esce a puntate sul settimanale «Oggi», e poi in volume presso Mondadori, il romanzo *Il grande ritratto*.

Scrive nel diario, riferendosi alla tormentata *liaison* che poi narrerà in *Un amore*: «L'unica, per salvarmi, è scrivere. Raccontare tutto, far capire il sogno ultimo dell'uomo alla porta della vecchiaia. E nello stesso tempo lei, incarnazione del mondo proibito, falso, romanzesco e favoloso, ai confini del quale era sempre passato con disdegno e oscuro desiderio».

Conosce, in estate, Almerina Antoniazzi, che incontra durante la lavorazione di un servizio fotografico per «La Domenica del Corriere».

1961

In una conversazione con Paolo Monelli del febbraio del 1961 rivela alcuni aspetti della sua esperienza privata: «Ci sono individui ... che maturano tardi, molto avanti con gli anni. Io debbo essere uno di quelli. Molte cose non le capisco ancora, altre le ho capite quando non mi serviva più di capirle. L'amore per la donna, dico l'amore, non l'andarci a letto, le gelosie, le lacrime di passione, il desiderio di morire o addirittura di uccidersi, il piacere disperato di soffrire per un'ingrata, per un'infedele, tutto questo l'ho scoperto solo in questi tempi. Non saprei dire se son diventato finalmente maturo, o arrivo appena adesso ai veri vent'anni» (P. Monelli, *Ombre cinesi. Scrittori al girarrosto*, Mondadori, Milano 1965, p. 111). Il 18 giugno muore la madre, Alba Mantovani. «Mia madre era l'unica persona che veramente, se io facevo qualcosa, se avevo un piccolo successo, ne era felice. E se invece avevo un piccolo dolore, era veramente infelice. Questo è l'unico tipo di amore – per quello che conosco io – che veramente realizza in modo perenne (cioè senza squilibri) questa partecipazione meravigliosa, che è proprio l'amore del prossimo» (*Dino Buzzati: un autoritratto*, cit., p. 20). La morte e il funerale della madre producono in Dino un acuto rimorso: le accuse di ingratitudine e di egoismo che rivolge a se stesso si riverberano nella novella *I due autisti* («Corriere della Sera», 21 aprile 1963).

1962

Dino si trasferisce nella casa di viale Vittorio Veneto 24. Nello stabile abitano anche il fratello Augusto e la sorella Nina con il marito Eppe Ramazzotti.

1963

In aprile esce, presso Mondadori, il romanzo *Un amore*, che suscita discussioni e polemiche. Il 18 aprile si svolge alla galleria del Mulino in via Brera una vivace discussione sul libro, sotto forma di "processo a Dino Buzzati".

Il 16 maggio muore Arturo Brambilla. Buzzati dirà a Panafieu, commentando tale perdita: «... io dopo la sua morte in un certo senso sono stato un sopravvissuto. In un certo senso sono subito diventato vecchio... Sono diventato l'omino che va al cimitero, una sera di novembre...» (*Dino Buzzati: un autoritratto*, cit., p. 63).

Comincia un'intensa stagione di viaggi in qualità di inviato speciale. Tra il 19 ottobre e il 18 novembre è in Giappone. Da Tokyo manda al giornale una serie di corrispondenze. Al suo ritorno si trova privato del suo incarico di vicedirettore della «Domenica del Corriere».

1964

Nel gennaio è inviato del «Corriere» a Gerusalemme, per seguire il viaggio di Paolo VI. Il pontefice gli dimostra stima e considerazione. In febbraio si reca a New York e a Washington. Da questo viaggio trae spunto per un primo articolo sulla Pop Art: *Una folle camera da letto* («Corriere della Sera», 23 febbraio 1964).

In dicembre segue il viaggio del papa a Bombay.

1965

Nella primavera visita Praga. «Mi è piaciuta anche la bellezza di Praga, come città fantastica, benché io l'abbia vista con della popolazione che dava un senso di grande tristezza e miseria» (*Dino Buzzati: un autoritratto*, cit., p. 39). Tra le corrispondenze che invia spicca l'elzeviro *Le case di Kafka* («Corriere della Sera», 31 marzo 1965).

In dicembre compie il secondo viaggio a New York, di circa dieci giorni. Approfondisce la conoscenza degli artisti della Pop Art, di cui visita gli studi. La spedizione è raccontata con humour e con manciate di aneddoti in tre articoli pubblicati sul «Corriere della Sera» (2, 9, 13 gennaio 1966).

Per l'editore Neri Pozza esce il primo libro di versi, *Il capitano Pic e altre poesie*. Sul numero 5 del «Caffè» (5 marzo) compare il poemetto *Tre colpi alla porta*.

1966

Lavora alla stesura del copione de *Il viaggio di G. Mastorna*, per un film che avrebbe dovuto realizzare Federico Fellini. Il quale si dichiarava ammiratore di vecchia data di Dino: ricordava in particolare uno dei primi racconti, *Lo strano viaggio di Domenico Molo*, letto ai tempi del liceo. Tra il '66 e il '67 il lavoro è compiuto ma il film non verrà mai realizzato.

Esce presso Mondadori *Il colombre e altri cinquanta racconti*, che comprende testi pubblicati a partire dal 1960.

Nel maggio espone i suoi dipinti a Milano, presso la galleria Gian Ferrari.

L'8 dicembre sposa Almerina Antoniazzi nella parrocchia di San Gottardo in Corte. Dopo il matrimonio rimane a vivere nella casa di viale Vittorio Veneto, dove tuttora abita Almerina.

1967

Assume l'incarico di critico d'arte per il «Corriere della Sera», subentrando a Leonardo Borgese. In tale veste ufficiale (ma si era già variamente ed ecletticamente occupato, soprattutto sulle colonne del «Corriere d'Informazione», di artisti e pittori) esordisce con *È arrivata l'arte Funk* («Corriere della Sera», 13 ottobre 1967).

1969

Vara la pagina settimanale «Il mondo dell'arte», che dirigerà fino agli ultimi mesi di vita. Il primo numero si apre con un breve editoriale siglato "d.b.", *E se fosse ancora viva* («Corriere della Sera», 26 gennaio 1969).

Pubblica presso Mondadori *Poema a fumetti*.

1970

Gli viene assegnato il premio giornalistico Mario Massai per gli articoli pubblicati sul «Corriere» nel 1969, a commento dello sbarco dei primi astronauti sulla Luna.

Dipinge gli ex voto della serie *I miracoli di Val Morel*. La mostra delle tavole buzzatiane si tiene in settembre a Venezia, nella galleria Il Naviglio.

1971

Nel febbraio avverte i primi sintomi della malattia, un tumore al pancreas.

In estate registra al magnetofono una lunga serie di colloqui con Yves Panafieu, che da quel materiale trarrà il libro-intervista *Dino Buzzati: un autoritratto*, Mondadori, Milano 1973.

Esce presso Mondadori l'ultima raccolta di racconti e di elzeviri, *Le notti difficili*. Il libro non è accolto dalla critica con particolari consensi. Anche Giorgio Bocca pubblica una recensione in cui, pur riconoscendo il talento dello scrittore, ripropone le obiezioni allora correnti sulla sua posizione ideologica: ostile al nuovo e fedele al genere della favola, Buzzati rischierebbe «di stare oggettivamente dalla parte di coloro i quali vogliono che tutto stia fermo com'è per non perdere uno solo dei loro privilegi» (G. Bocca, *I rischi e i timori di un reazionario*, in «Il Giorno», 27 ottobre 1971). Le sue condizioni di salute si aggravano progressivamente. «Giorno per giorno lo abbiamo visto allontanarsi come l'eroe di uno dei suoi racconti fuori del tempo e dello spazio: sempre più solo, sempre più ombra, bisbiglio, sussurro. Sapeva tutto, prima ancora che lo sapessero i medici. Sin d'allora si era ritirato nella sua inaccessibile spiaggia, e rispondeva ai nostri richiami ghiacciandoci sulla bocca le pietose menzogne di cui li condivamo» (I. Montanelli, *Lo stile di una vita*, in «Corriere della Sera», 29 gennaio 1972). Dal diario, 1° dicembre: « ... e invece adesso la storia è terminata, sta per terminare tra l'assoluta indifferenza del pubblico pagante che per me non ha mai pagato mezzo soldo, è freddo, è il principio di dicembre, farò in tempo a vedere il Natale?».

Pubblica sul «Corriere della Sera» dell'8 dicembre il suo ultimo elzeviro, *Alberi*. Nello stesso giorno viene ricoverato nella clinica La Madonnina di Milano.

1972

Muore il 28 gennaio, alle quattro e venti del pomeriggio.

Bibliografia

a cura di Lorenzo Viganò

OPERE

Romanzi e racconti

Bàrnabo delle montagne, Treves-Treccani-Tumminelli, Milano-Roma 1933 (poi Garzanti, Milano 1949).

Il segreto del Bosco Vecchio, Treves-Treccani-Tumminelli, Milano-Roma 1935 (poi Garzanti, Milano 1957).

Il deserto dei Tartari, Rizzoli, Milano-Roma 1940 (poi Mondadori, Milano 1945).

I sette messaggeri, Mondadori, Milano 1942.

La famosa invasione degli orsi in Sicilia, Rizzoli, Milano 1945 (poi Martello, Milano 1958).

Il libro delle pipe, in collaborazione con G. Ramazzotti e con disegni degli autori, Antonioli, Milano 1945 (poi Martello, Milano 1966).

Paura alla Scala, Mondadori, Milano 1949.

In quel preciso momento, Neri Pozza, Vicenza 1950 (2ª ed. accresciuta 1955; 3ª ed. Mondadori, Milano 1963).

Il crollo della Baliverna, Mondadori, Milano 1954.

Esperimento di magia. 18 racconti, Rebellato, Padova 1958.

Sessanta racconti, Mondadori, Milano 1958.

Egregio signore, siamo spiacenti di... (con illustrazioni di Siné), Elmo, Milano 1960 (poi con il titolo *Siamo spiacenti di*, con introduzione di D. Porzio, Mondadori, Milano 1975).

Il grande ritratto, Mondadori, Milano 1960.

Un amore, Mondadori, Milano 1963.

Il colombre e altri cinquanta racconti, Mondadori, Milano 1966.

La boutique del mistero, Mondadori, Milano 1968.

Poema a fumetti, Mondadori, Milano 1969.

Le notti difficili, Mondadori, Milano 1971.

I miracoli di Val Morel, Garzanti, Milano 1971 (1ª ed. nel catalogo *Miracoli inediti di una santa*, Edizioni del Naviglio, Milano 1970; poi *Per grazia ricevuta*, GEI, Milano 1983).

Romanzi e racconti, a cura di G. Gramigna, Mondadori, Milano 1975 ("I Meridiani").

180 racconti, con una presentazione di C. Della Corte, Mondadori, Milano 1982.

Il reggimento parte all'alba, con una prefazione di I. Montanelli e uno scritto di G. Piovene, Frassinelli, Milano 1985.

Il meglio dei racconti, a cura di F. Roncoroni, Mondadori, Milano 1990.

Lo strano Natale di Mr. Scrooge e altre storie, a cura di D. Porzio, Mondadori, Milano 1990.

Bestiario, a cura di C. Marabini, Mondadori, Milano 1991.

Opere scelte, a cura di G. Carnazzi, Mondadori, Milano 1998 ("I Meridiani").

Le cronache fantastiche, 2 voll., a cura di L. Viganò, Mondadori, Milano 2003.

Il panettone non bastò, a cura di L. Viganò, Mondadori, Milano 2004.

Poesia

Il capitano Pic e altre poesie, Neri Pozza, Vicenza 1965 (poi in *Le poesie*, Neri Pozza, Vicenza 1982).

Scusi, da che parte per Piazza del Duomo?, in G. Pirelli e C. Orsi, *Milano*, Alfieri, Milano 1965 (poi in *Due poemetti*, Neri Pozza, Vicenza 1967; quindi in *Le poesie*, cit.).

Tre colpi alla porta, in «Il Caffè», n. 5, 1965 (poi in *Due poemetti*, cit.; quindi in *Le poesie*, cit.).

Teatro

La rivolta contro i poveri, in «I quaderni di "Film"», 1946.

Un caso clinico, Mondadori, Milano 1953.

Drammatica fine di un noto musicista, in «Corriere d'Informazione», 3-4 novembre 1955.

Sola in casa, in «L'Illustrazione italiana», maggio 1958, pp. 75-80.

Le finestre, in «Corriere d'Informazione», 13-14 giugno 1959.

Un verme al Ministero, in «Il dramma», aprile 1960, pp. 15-48.

Il mantello, in «Il dramma», giugno 1960, pp. 37-47.

I suggeritori, in «Documento Moda 1960», Milano 1960.

L'uomo che andrà in America, in «Il dramma», giugno 1962, pp. 5-37 (poi in *L'uomo che andrà in America. Una ragazza arrivò*, Bietti, Milano 1968).

La colonna infame, in «Il dramma», dicembre 1962, pp. 33-61.

La fine del borghese, Bietti, Milano 1968.

L'aumento, in «Carte segrete», VI, n. 19, luglio-settembre 1972, pp. 73-85 (l'atto unico, del 1961, è preceduto da una nota di L. Pascutti).

Un caso clinico e altre commedie in un atto, a cura di G. Davico Bonino, Mondadori, Milano 1985 ("Oscar Teatro e Cinema").

Teatro, a cura di G. Davico Bonino, Mondadori, Milano 2006 (raccoglie tutti i testi teatrali).

Libretti per musica

Ferrovia soprelevata, Edizioni della Rotonda, Bergamo, 1955 (poi Ferriani, Milano 1960).

Procedura penale, Ricordi, Milano 1959.

Il mantello, Ricordi, Milano 1960.

Battono alla porta, Suvini-Zerboni, Milano 1963.

Era proibito, Ricordi, Milano 1963.

Scritti giornalistici in volume

Cronache terrestri, a cura di D. Porzio, Mondadori, Milano 1972.

I misteri d'Italia, Mondadori, Milano 1978.

Dino Buzzati al Giro d'Italia, a cura di C. Marabini, Mondadori, Milano 1981.

Cronache nere, a cura di O. Del Buono, Theoria, Roma-Napoli 1984.

Le montagne di vetro, a cura di E. Camanni, Vivalda, Torino 1990.

Il buttafuoco. Cronache di guerra sul mare, Mondadori, Milano 1992.

La «nera» di Dino Buzzati, 2 voll., a cura di L. Viganò, Mondadori, Milano 2002.

Prefazioni e altri scritti

Ritratto con battaglia, in AA.VV., *Prime storie di guerra*, a cura di A. Cappellini, Rizzoli, Milano-Roma 1942, pp. 39-50.

Difficoltà di Verdi, in AA.VV., *Giuseppe Verdi*, a cura di F. Abbiati, Milano s.d. [ma 1951], pp. 79-81 (pubblicazione del Teatro alla Scala per le onoranze a Giuseppe Verdi nel cinquantenario della morte).

Prefazione a G. Supino, *La vera storia di Galatea*, Ceschina, Varese-Milano 1962.

Milano, in AA.VV., *Lo stivale allo spiedo. Viaggio attraverso la cucina italiana*, a cura di P. Accolti e G.A. Cibotto, Canesi, Roma s.d. [ma 1964], pp. 75-81.

Come fece Erostrato, in AA.VV., *Quando l'Italia tollerava*, a cura di G. Fusco, Canesi, Roma 1965, pp. 101-106.

Il maestro del Giudizio universale, in *L'opera completa di Bosch*, con apparati critici e filologici di M. Cinotti, Rizzoli, Milano 1966 ("Classici dell'arte").

Prefazione ad A. Pigna, *Miliardari in borghese*, Mursia, Milano 1966.

Week-End, in F.S. Borri, *Il Cimitero Monumentale di Milano*, Arti Grafiche E. Marazzi, Milano 1966, pp. 71-75.

Prefazione ad A. Giannini, *Il brevetto*, con tredici disegni di D. Buzzati, Longanesi, Milano 1967.

Prefazione a M.R. James, *Cuori strappati*, Bompiani, Milano 1967 ("Il pesanervi").

Testimonianza di due amici, in A. Brambilla, *Diario*, a cura di F. Brambilla Ageno e A. Brambilla, Mondadori, Milano 1967.

Disegno e fotografia, in *Trieste e il Carso nelle tavole di Achille Beltrame della «Domenica del Corriere» (1915-1918)*, All'insegna del pesce d'oro, Milano 1968, pp. 10-16.

Prefazione a D. Manzella, *L'incontro giusto*, Bietti, Milano 1968.

Prefazione a W. Disney, *Vita e dollari di Paperon de' Paperoni*, Mondadori, Milano 1968.

Introduzione ad A. Sala, *Il giusto verso*, Rusconi, Milano 1970.

Un nobile addio, introduzione a W. Bonatti, *I giorni grandi*, Mondadori, Milano 1971.

Prefazione a E.R. Burroughs, *Tarzan delle scimmie*, Giunti, Firenze 1971.

Prefazione ad A. Pasetti, *L'ora delle lucertole*, Bietti, Milano 1971.

Il giornale segreto, con prefazione di Giangiacomo Schiavi, Fondazione Corriere della Sera, Rizzoli, Milano 2006.

Lettere

D. Buzzati, *Lettere a Brambilla*, a cura di L. Simonelli, Istituto geografico De Agostini, Novara 1985 (cfr. M. Depaoli, *Il «Fondo Buzzati»*, in «Autografo», vol. VII, n.s., n. 19, febbraio 1990, pp. 101-108).

—, *Il figlio della notte. Lettere inedite di Dino Buzzati ad Arturo Brambilla*, a cura di M. Depaoli, in «Autografo», vol. VIII, n.s., n. 23, giugno 1991, pp. 50-67.

N. Giannetto, *Uno scambio di lettere fra Calvino e Buzzati*, in «Studi buzzatiani», I, 1996, pp. 99-112.

—, *«Di solito ciò che si scrive su di me mi annoia terribilmente...»: una lettera inedita di Buzzati sul libro dedicatogli da Gianfranceschi*, in «Studi buzzatiani», II, 1997, pp. 164-72.

—, *«Sono arrivato all'ultimo capitolo...»: una preziosa lettera di Dino Buzzati a Franco Mandelli a proposito di «Un amore»*, in «Studi buzzatiani», VI, 2001, pp. 95-98.

BIBLIOGRAFIA DELLA CRITICA

Bibliografie e rassegne di studi

A. Marasco, *Buzzati nella critica dal 1967 ad oggi* (con nota bio-bibliografica), in «Annali della Facoltà di Magistero dell'Università degli Studi di Lecce», II, 1972-1973, pp. 3-46.

N. Giannetto, *Bibliografia della critica buzzatiana*, in *Il coraggio della fantasia. Studi e ricerche intorno a Dino Buzzati*, Arcipelago, Milano 1989, pp. 106-51.

G. Fanelli, *Dino Buzzati. Bibliografia della critica (1933-1989)*, Quattroventi, Urbino 1990.

C. Bianchini, *Bibliografia della critica buzzatiana 1989-1994*, in «Studi buzzatiani», I, 1996, pp. 173-203.

N. Giannetto, *Il caso Buzzati*, in *Il sudario delle caligini. Significati e fortune dell'opera buzzatiana*, Olschki, Firenze 1996, pp. 225-52.

L'aggiornamento della bibliografia della critica buzzatiana per gli anni successivi (dal 1995 in poi) è pubblicato annualmente dalla rivista «Studi buzzatiani», edita dagli Istituti editoriali e poligrafici internazionali di Pisa e Roma.

Profili biografici e testimonianze

E. Montale, *L'artista dal cuore buono*, in «Corriere della Sera», 29 gennaio 1972 (poi in *Il secondo mestiere. Prose 1920-1979*, a cura di G. Zampa, Mondadori, Milano 1996, p. 2991).

I. Montanelli, *Lo stile di una vita*, in «Corriere della Sera», 29 gennaio 1972.

D. Porzio, *Buzzati nel grande deserto*, in «Epoca», 6 febbraio 1972.

Y. Panafieu, *Dino Buzzati: un autoritratto*, Mondadori, Milano 1973.

AA.VV., *Il mistero in Dino Buzzati*, a cura di R. Battaglia, Rusconi, Milano 1974.

A. Buzzati – G. Le Noci, *Il pianeta Buzzati*, Apollinaire, Milano 1974.

G. Piovene, *Avvisi di partenza*, in «il Giornale», 30 ottobre 1974 (poi in D. Buzzati, *Il reggimento parte all'alba*, cit., pp. VII-X).

G. Grieco, *«Mio marito Dino Buzzati»*, in «Gente», 17 ottobre 1980 (la ricostruzione biografica prosegue poi nei numeri successivi: 24 ottobre, 31 ottobre, 7, 14, 21, 28 novembre, 5, 12, 19 dicembre).

A. Montenovesi, *Dino Buzzati*, Veyrier, Paris 1984.

AA.VV., *Dino Buzzati. Vita & colori, Mostra antologica: dipinti, acquarelli, disegni, manoscritti*, a cura di R. Marchi, Overseas, Milano 1986 (catalogo della mostra di Cencenighe, Belluno 28 giugno - 14 settembre 1986).

G. Afeltra, *Famosi a modo loro*, Rizzoli, Milano 1988, pp. 47-49.

M. Carlino, voce "Buzzati Traverso, Dino", in *Dizionario biografico degli Italiani*, vol. XXXIV, Istituto della Enciclopedia Italiana, Roma 1988, pp. 567-71.

G. Ioli, Nota biografica in *Dino Buzzati*, Mursia, Milano 1988, pp. 203-15.

Y. Panafieu, *Les miroirs éclatés*, Panafieu, Paris 1988.

G. Afeltra, *Lungo viaggio di Dino verso la notte*, in «Corriere della Sera», 27 gennaio 1992.

G. Soavi, *Buzzati, narratore di quadri*, in «il Giornale», 18 maggio 1995.

L. Viganò (a cura di), *Album Buzzati*, Mondadori, Milano 2006.

Monografie e studi di ambito generale

E. Bigi, *Romanzi e racconti di Dino Buzzati*, in «Saggi di Umanesimo Cristiano», V, n. 3, settembre 1950, pp. 26-31.

R. Bertacchini, *Dino Buzzati*, in AA.VV., *Letteratura italiana. I contemporanei*, vol. II, Marzorati, Milano 1963, pp. 1397-411 (poi in AA.VV., *Novecento. I contemporanei*, a cura di G. Grana, vol. VI, Marzorati, Milano 1979, pp. 5633-59).

W. Pedullà, *Buzzati scivola nel buonsenso*, in «Avanti!», 28 giugno 1966 (poi in *La letteratura del benessere*, Edizioni Scientifiche Italiane, 1968, pp. 200-203; 2ª ed. Bulzoni, Roma 1973).

F. Gianfranceschi, *Dino Buzzati*, Borla, Torino 1967.

C. Marabini, *Dino Buzzati*, in «Nuova Antologia», CII, fasc. 1999, luglio 1967, pp. 357-77 (poi in *Gli Anni Sessanta: narrativa e storia*, Rizzoli, Milano 1969, pp. 113-33).

E. Kanduth, *Wesenzüge der modernen Italienischen. Erzählliterature. Gehälte und Gestaltung bei Buzzati, Piovene und Moravia*, Winter, Heidelberg 1968.

AA.VV., *Dino Buzzati. Un caso a parte*, Delta, Roma 1971.

C. Garboli, *Dino delle montagne*, in «Il Mondo», 21 gennaio 1972.

C. Bo, *Buzzati e il tarlo delle verità*, in «Nuova Antologia», CVII, vol. 514, fasc. 2054, febbraio 1972, pp. 147-50.

A. Veronese Arslan, *Invito alla lettura di Buzzati*, Mursia, Milano 1974 (4ª ed. aggiornata 1993).

G. Gramigna, Introduzione a D. Buzzati, *Romanzi e racconti*, cit.

AA.VV., *Omaggio a Dino Buzzati scrittore pittore alpinista* (Atti del Convegno, Cortina d'Ampezzo, 18-24 agosto 1975), a cura del Circolo Stampa Cortina, Mondadori, Milano 1977.

I. Crotti, *Dino Buzzati*, La Nuova Italia, Firenze 1977.

A. Lagoni Danstrup, *Dino Buzzati et le rapport dialectique de la littérature fantastique avec l'individu et la société*, in «Cahiers Dino Buzzati», n. 3, 1979, pp. 71-116.

B. Baumann, *Dino Buzzati. Untersuchungen zur Thematik in seinem Erzählwerk*, Winter, Heidelberg 1980.

E. Gioanola, *Dino Buzzati*, in AA.VV., *Letteratura italiana contemporanea*, vol. II, Lucarini, Roma 1980, pp. 819-28.

M.B. Mignone, *Anormalità e angoscia nella narrativa di Dino Buzzati*, Longo, Ravenna 1981.

AA.VV., *Dino Buzzati* (Atti del Convegno di Venezia, Fondazione Cini, 3-4 novembre 1980), a cura di A. Fontanella, Olschki, Firenze 1982.

A. Zanzotto, *Per Dino Buzzati*, ivi, pp. 77-82 (poi in *Aure e disincanti del Novecento letterario*, Mondadori, Milano 1994, pp. 242-47).

A. Laganà Gion, *Dino Buzzati. Un autore da rileggere*, Corbo e Fiore, Venezia-Belluno 1983.

S. Jacomuzzi, *«Questa quiete assoluta»: la montagna di Buzzati e la letteratura alpinistica*, in AA.VV., *Montagna e letteratura*, a cura di A. Audisio e R. Rinaldi, Museo nazionale della Montagna, Torino 1983, pp. 217-28.

M. Carlino, *Autour de quelques constantes du style narratif de Dino Buzzati*, in «Cahiers Dino Buzzati», n. 6, 1985, pp. 249-66.

A. Veronese Arslan, voce "Buzzati, Dino", in AA.VV., *Dizionario critico della letteratura italiana*, diretto da V. Branca, vol. I, Utet, Torino 1986 (2ª ed.), pp. 445-49.

G. Bàrberi Squarotti, *Invenzione e allegoria: il «fantastico» degli anni Trenta*, in *La forma e la vita: il romanzo del Novecento*, Mursia, Milano 1987, pp. 208-41.

C. Toscani, *Guida alla lettura di Buzzati*, Mondadori, Milano 1987.

G. Ioli, *Dino Buzzati*, Mursia, Milano 1988.

N. Giannetto, *Il coraggio della fantasia*, cit.

V. Anglard, *Technique de la nouvelle chez Buzzati*, Pierre Bordas et fils, Paris 1990.

M.-H. Caspar, *Fantastique et mythe personnel dans l'œuvre de Dino Buzzati*, Éditions Européennes Érasme, La Garenne-Colombes 1990.

M. Suffran – Y. Panafieu, *Buzzati. Suivi des entretiens Dino Buzzati – Yves Panafieu*, La Manifacture, Besançon 1991.

AA.VV., *Il pianeta Buzzati* (Atti del Convegno internazionale, Feltre e Belluno, 12-15 ottobre 1989), a cura di N. Giannetto, Mondadori, Milano 1992.

A. Biondi, *Metafora e sogno: la narrativa di Buzzati fra «Italia magica» e «surrealismo italiano»*, ivi, pp. 15-59.

I. Crotti, *Tre voci sospette: Buzzati, Piovene, Parise*, Mursia, Milano 1994.

C. Lardo, *L'universo tangente. Una lettura della narrativa di Dino Buzzati*, Nuova Cultura, Roma 1994 (2ª ed. 1996).

S. Lazzarin, *Immagini del mondo e memoria letteraria nella narrativa buzzatiana*, in «Narrativa», n. 6, giugno 1994, pp. 139-54.

Y. Panafieu, *Le mystère Buzzati. Dédales et labyrinthes. Masques et contradictions*, Y.P. Éditions, Liancourt - St Pierre 1995.

N. Giannetto, *Il sudario delle caligini*, cit.

G. Cavallini, *Buzzati. Il limite dell'ombra*, Studium, Roma 1997.

S. Lazzarin, *Preliminari a uno studio dell'intertestualità buzzatiana*, in «Italianistica», XXVI, n. 2, maggio-agosto 1997, pp. 303-11.

AA.VV., *Dino Buzzati*, a cura di F. Siddell, numero monografico di «Spunti e ricerche», rivista del dipartimento di Italianistica dell'Università di Melbourne, n. 13, 1998.

AA.VV., *Buzzati giornalista*, Atti del Congresso internazionale, a cura di N. Giannetto, Mondadori, Milano 2000.

P. Biaggi, *Buzzati. I luoghi del mistero*, Edizioni Messaggero, Padova 2001.

AA.VV., *Dino Buzzati trent'anni dopo*, a cura di M.-H. Caspar, numero monografico di «Narrativa», rivista del dipartimento di Italianistica dell'Università di Parigi X, n. 23, maggio 2002.

P. Dalla Rosa, *Dove qualcosa sfugge: lingua e luoghi di Buzzati*, Istituti editoriali e poligrafici internazionali, Pisa-Roma 2004.

AA.VV., *La saggezza del mistero. Saggi su Dino Buzzati*, Ibiskos Editrice, Risolo, Empoli (Firenze) novembre 2006.

L. Bellaspiga, *Dio che non esisti ti prego. Dino Buzzati, la fatica di credere*, Àncora Editrice, Milano 2006.

M. Trevisan, *Dino Buzzati, l'alpinista*, Istituti editoriali e poligrafici internazionali, Pisa-Roma 2006.

L. Cremonesi, *Il nemico invincibile. Diari e reportage di Dino Buzzati*, in *Dai nostri inviati - Inchieste, guerre ed esplorazioni nelle pagine del Corriere della Sera*, Fondazione Corriere della Sera, Rizzoli, Milano 2008.

S. Lazzarin, *Fantasmi antichi e moderni. Tecnologia e perturbante in*

Buzzati e nella letteratura fantastica otto-novecentesca, Fabrizio Serra Editore, Pisa-Roma 2008.

A partire dal 1977 l'Association Internationale des Amis de Dino Buzzati ha pubblicato la serie dei già citati «Cahiers Dino Buzzati». Nel complesso i nove volumi usciti tra il '77 e il '94 raccolgono un notevole corpus di testimonianze, documenti, interpretazioni critiche. I numeri 2, 4, 5, 6, 7 e 9 sono dedicati quasi interamente agli atti dei «colloques» organizzati dall'Associazione. Tale eredità è stata raccolta, per iniziativa del Centro studi Buzzati di Feltre, dalla rivista «Studi buzzatiani».

Sulle prime opere narrative

M. Brion, *Préface a Bàrnabo des montagnes - Le secret du Bosco Vecchio*, Laffont, Paris 1959.

S. Jacomuzzi, *I primi racconti di Buzzati: il tempo dei messaggi*, ivi, pp. 99-119.

F. Spera, *Modelli narrativi del primo Buzzati*, in AA.VV., *Dino Buzzati*, cit., pp. 87-98.

M.-H. Caspar, *Récit iniziatique et discours sur la violence du pouvoir (Il segreto del Bosco Vecchio)*, Université de Paris X, Nanterre 1982.

F. Livi, *«Bàrnabo des montagnes»: genèse d'une mithologie*, in «Cahiers Dino Buzzati», n. 5, 1982, pp. 63-73.

F. Schettino, *Le pouvoir de l'écriture dans «Bàrnabo delle montagne»*, in «Cahiers Dino Buzzati», n. 6, 1985, pp. 229-48.

A. Colombo, *«Un linguaggio universalmente comprensibile». Correzioni e varianti nei primi racconti di Buzzati*, DBS, Seren del Grappa 1996.

Su "Il deserto dei Tartari"

P. Pancrazi, *«Il deserto dei Tartari»*, in «Corriere della Sera», 2 agosto 1940 (poi in *Ragguagli di Parnaso*, vol. III, Ricciardi, Milano-Napoli 1967, pp. 137-40).

E. De Michelis, *Letteratura narrativa*, in «La Nuova Italia», XII, 1, gennaio 1941, pp. 28-31 (poi in *Narratori al quadrato*, Nistri-Lischi, Pisa 1962, pp. 159-64).

M. Brion, *Trois écrivains italiens nouveaux*, in «La Revue des Deux Mondes», 1° ottobre 1950, n. 19, pp. 530-39.

F. Livi, *Le désert des Tartares. Analyse critique*, Hatier, Paris 1973.

M. Carlino, *Come leggere «Il deserto dei Tartari» di Dino Buzzati*, Mursia, Milano 1976.

M. Suffran, *Bastiani ou le For intérieur. Racines et prolongements mythiques de l'œuvre de Dino Buzzati*, in «Cahiers Dino Buzzati», n. 3, 1979, pp. 119-37.

I. Calvino, *Quel deserto che ho attraversato anch'io*, in «la Repubblica», 1° novembre 1980 (ora in *Saggi 1945-1985*, a cura di M. Barenghi, Mondadori, Milano 1995, pp. 1012-15).

AA.VV., *Analyses et réfléxions sur «Le Désert des Tartares» de Dino Buzzati. La fuite du temps*, Marketing, Paris 1981.

AA.VV., *Lectures de «Le Désert des Tartares» de Dino Buzzati*, Belin, Paris 1981.

G. Amoroso, *Una «rientrata avventura»: Il deserto dei Tartari*, in «Humanitas», XXXVI, 2, aprile 1981, pp. 270-74.

A. Biondi, *Il Tempo e l'Evento (tre momenti della narrativa buzzatiana)*, in «Il Contesto», nn. 4-5-6, 1981, pp. 307-20.

S. Jacomuzzi, *1939: l'armata del Nord davanti al Deserto dei Tartari. Per una rilettura del romanzo di Dino Buzzati*, in «Sigma», 1, gennaio 1981, pp. 56-68 (poi in *Sipari ottocenteschi e altri studi*, Tirrenia, Torino 1987, pp. 255-68).

G. Nascimbeni, *Buzzati: i Tartari in mezzo a noi*, in *Il calcolo dei dadi. Storie di uomini e di libri*, Bompiani, Milano 1984, pp. 233-36.

G. Bàrberi Squarotti, *La fortezza e la forma: «Il deserto dei Tartari»*, in AA.VV., *Dino Buzzati*, cit. (poi in *La forma e la vita: il romanzo del Novecento*, Mursia, Milano 1987, pp. 133-48).

J.L. Borges, *Prólogo*, in D. Buzzati, *El desierto de los tártaros*, Hyspamérica Ediciones, Buenos Aires 1985, p. 9.

D. Unfer, *Il deserto del tempo e le frontiere del desiderio. Una lettura del «Deserto dei Tartari»*, in «Inventario», XXIII, n. 15, settembre-dicembre 1985, pp. 97-116.

G. Fanelli, *Le tre edizioni del «Deserto dei Tartari»*, in «Il lettore di provincia», XIX, n. 71, 1988, pp. 22-31.

G. Afeltra, *Il tenente Drogo dal «lei» al «voi»*, in «Corriere della Sera», 20 settembre 1990.

A. Mariani, «*Il deserto dei Tartari*» *di Dino Buzzati ed* «*Aspettando i Barbari*» *di S.M. Coetzee: il tema dell'attesa*, in AA.VV., *Lingua e letteratura italiana nel mondo oggi* (Atti del XIII Congresso AISL-LI, Perugia, 30 maggio - 3 giugno 1988), a cura di I. Baldelli e B.M. Da Rif, vol. II, Olschki, Firenze 1991, pp. 481-88.

Su "Sessanta racconti"

A. Bocelli, *Racconti di Buzzati*, in «Il Mondo», 1° luglio 1958.

E. Cecchi, «*Sessanta racconti*», in «Corriere della Sera», 10 luglio 1958 (poi in *Letteratura italiana del Novecento*, vol. II, Mondadori, Milano 1972, pp. 1006-1011).

G. Debenedetti, *Dino Buzzati, premio Strega*, in «La Fiera letteraria», 20 luglio 1958 (poi, con il titolo *Buzzati e gli sguardi del* «*Di qua*», in *Intermezzo*, Mondadori, Milano 1963, pp. 181-89).

P. Milano, *Dino Buzzati o il brivido borghese*, in «L'Espresso», 20 luglio 1958 (poi in *Il lettore di professione*, Feltrinelli, Milano 1960, pp. 321-24).

C. Varese, *Scrittori d'oggi*, in «Nuova Antologia», XCIV, fasc. 1897, gennaio-aprile 1959, pp. 119-23.

L. Bianciardi, Prefazione a D. Buzzati, *Sessanta racconti*, Club degli Editori, Milano 1969.

N. Bonifazi, *Dino Buzzati e la* «*catastrofe*», in *Teoria del fantastico e il racconto* «*fantastico*» *in Italia: Tarchetti-Pirandello-Buzzati*, Longo, Ravenna 1982, pp. 141-70.

P.L. Cerisola, *I* «*Sessanta racconti*» *di Dino Buzzati*, in «Testo», nn. 6-7, gennaio-giugno 1984, pp. 56-69.

E. Esposito, «*Il cane che ha visto Dio*» *di Dino Buzzati*, in «Narrativa», n. 6, giugno 1994, pp. 5-14.

N. Giannetto, *Sessanta racconti e una lingua da scoprire*, in *Il sudario delle caligini*, cit., pp. 167-223.

Su "Un amore"

G. Piovene, *Il nuovo sorprendente romanzo di Dino Buzzati, poeta bambino*, in «La Stampa», 10 aprile 1963.

E. Montale, «*Un amore*», in «Corriere della Sera», 18 aprile 1963 (ora in *Il secondo mestiere. Prose 1920-1979*, cit., p. 2567).

A. Bonsanti, *Un amore di Buzzati*, in «La Nazione», 23 aprile 1963.

G. Vigorelli, *Un atto di coraggio*, in «Il Tempo», 4 maggio 1963.

P. Citati, *I gentili automi di Buzzati*, in «Il Giorno», 15 maggio 1963.

G. Pullini, *Buzzati, «Un amore»*, in «Comunità», XVII, 106, maggio 1963 (poi in *Volti e risvolti del romanzo italiano contemporaneo*, Mursia, Milano 1971, pp. 152-54).

—, *«Il deserto dei Tartari» e «Un amore»: due romanzi in rapporto speculare fra metafora e realtà*, in AA.VV., *Dino Buzzati*, cit., pp. 169-93.

V. Volpini, *Un compiacimento decadente*, in «Il Popolo», 12 giugno 1963.

D. Fernandez, *La call-girl*, in «L'Express», 19 marzo 1964.

M. Brion, *Un roman d'amour de Dino Buzzati*, in «Le Monde», 4 aprile 1964.

A. Biondi, *Il Tempo e l'Evento*, cit., pp. 320-28.

G. Bàrberi Squarotti, *L'ora dell'alba e la città*, in AA.VV., *Il pianeta Buzzati*, cit., pp. 151-74.

Su "In quel preciso momento"

Per la bibliografia storica si rimanda al libro di G. Fanelli, *Dino Buzzati. Bibliografia della critica: 1933-1989*, Quattroventi, Urbino 1990, e ai successivi aggiornamenti pubblicati su «Studi buzzatiani».

F. Linari, *Dalla narrativa al diario: strutture diaristiche nella raccolta buzzatiana «In quel preciso momento»*, in «Studi buzzatiani», V, 2000.

Sul teatro

S. D'Amico, *«Un caso clinico» al Piccolo Teatro di Milano*, in «Il Tempo», 22 maggio 1953 (poi in *Cronache del Teatro*, a cura di E.F. Palmieri e S. D'Amico, vol. II, Laterza, Bari 1964, pp. 785-88).

R. De Monticelli, *«Un caso clinico» di Dino Buzzati*, in «L'Illustrazione italiana», giugno 1953, n. 6, p. 49.

A. Camus, *«Le Cheval Dino Buzzati»*, in «Combat», 10 marzo 1955.

G. Marcel, *Le théâtre. Un cas intéressant*, «Les Nouvelles Littéraires», 24 marzo 1955.

M. Esslin, *The Theatre of the Absurd*, Anchor Books, London 1961 (trad. it. *Il teatro dell'assurdo*, Abete, Roma 1975, pp. 240-41).

F. Grisi, *«Ferrovia soprelevata»*, in *Incontri in libreria*, Ceschina, Milano 1961, pp. 71-78.

Y. Panafieu, *Thanatopraxis*, in «Cahiers Dino Buzzati», n. 1, 1977, pp. 85-134 (poi in *Les miroirs éclatés*, cit., pp. 458-66).

R. Bertacchini, *L'«assurdo» teatrale di Buzzati*, in AA.VV., *Novecento*, a cura di G. Grana, vol. X, Marzorati, Milano 1980, pp. 9954-65.

P.L. Cerisola, *Il teatro dell'assurdo: Dino Buzzati*, in «Testo», n. 12, luglio-dicembre 1986, pp. 99-112.

L. Chailly, *Buzzati in musica*, EDA, Torino 1987.

N. Giannetto, *Buzzati a teatro. Rassegna*, in «Quaderni Veneti», n. 14, dicembre 1991, pp. 117-46.

P. Puppa, *Il teatro di Buzzati: modelli vecchi e stimoli nuovi*, in AA.VV., *Il pianeta Buzzati*, cit., pp. 307-18.

—, *Buzzati: la lingua in scena*, in AA.VV., *Dino Buzzati: la lingua, le lingue* (Atti del Convegno internazionale, Feltre e Belluno, 26-29 settembre 1991), a cura di N. Giannetto, con la collaborazione di P. Dalla Rosa, I. Pilo, Mondadori, Milano 1994, pp. 55-64.

M. Marcone, *Su Buzzati librettista e la sua collaborazione con Luciano Chailly: l'esperienza di «Procedura penale»*, in «Studi buzzatiani», I, 1996, pp. 27-43.

Sull'opera poetica

C. Marabini, *Buzzati poeta*, in «Il Resto del Carlino», 10 marzo 1965.

G. Gramigna, *Il capitano trova la rima (su alcuni aspetti della poesia di Buzzati)*, in AA.VV., *Dino Buzzati*, cit., pp. 321-30.

B. Pento, *Prosa in versi di Buzzati*, in «Letteratura», nn. 91-92, gennaio-aprile 1968, pp. 147-49.

F. Bandini, Scheda bibliografica in D. Buzzati, *Le poesie*, Neri Pozza, Vicenza 1982.

A. Sala, *Quando Buzzati scriveva versi*, in «Corriere della Sera», 11 luglio 1982.

P. Corbo, *Buzzati poeta*, in «Margo», IV, 7, dicembre 1991, pp. 54-65.

Su "Poema a fumetti" e sull'ultimo Buzzati

G. Nascimbeni, *Buzzati a fumetti*, in «Epoca», 19 ottobre 1969.

V. Lisiani, *L'Aldilà di Dino Buzzati*, in «La Notte», 13 novembre 1969.

E. Falqui, *I fumetti di Buzzati*, in «Il Tempo», 14 novembre 1969.

I. Montanelli, *L'ultimo Buzzati*, in «Corriere della Sera», 15 novembre 1969.

C. Della Corte, *Orfeo a fumetti nella Milano-pop dell'ultimo Buzzati*, in «Il Gazzettino», 16 novembre 1969.

F. Giannessi, *Orfeo ed Euridice oggi, a fumetti*, in «La Stampa», 16 novembre 1969.

C. Marabini, *È uscito il volume di Dino Buzzati «Poema a fumetti»*, in «Ti-Sette», 23 novembre 1969.

A. Sala, *Orfeo con chitarra*, in «Corriere d'Informazione», 26-27 novembre 1969.

C. Garboli, *Tutta la vita in venti minuti*, in «Il Mondo», 4 dicembre 1969.

A. De Lorenzi, *Orfeo cantautore a Milano*, in «Il Messaggero veneto», 7 dicembre 1969.

C. Quarantotto, *Orfeo a fumetti*, in «Roma», 11 dicembre 1969.

L. Gigli, *Quando i fumetti diventano poesia*, in «Gazzetta del Popolo», 16 gennaio 1970.

D. Borioni, *«Poema a fumetti» di Dino Buzzati*, in «Gazzetta di Parma», 27 gennaio 1970.

D. Buzzati, *L'autore giudica i suoi critici*, in «Corriere della Sera», 8 febbraio 1970.

S. Castelli, *Fumetti di Buzzati*, in «Avanti!», 22 febbraio 1970.

G. Casolari, *Poema a fumetti*, in «Letture», aprile 1970, pp. 289-92.

D. Porzio, Introduzione a D. Buzzati, *Le notti difficili*, Mondadori, Milano 1971, pp. V-XI.

D. Del Giudice, *Gli incubi di Buzzati*, in «Paese Sera», 29 ottobre 1971.

G. Pampaloni, *Buzzati uno e due*, in «Corriere della Sera», 19 dicembre 1971 (su *Le notti difficili* e *I miracoli di Val Morel*).

A. Veronese Arslan, *«Poema a fumetti»*, in *Invito alla lettura di Buzzati*, cit., pp. 106-107.

L. Pozzoli, *Dino Buzzati tra limpidità e lucidità*, in «Letture», giugno-luglio 1975, p. 442.

A. Laganà Gion, *Caratteri unitari nell'opera di Buzzati: i rapporti tra letteratura e pittura*, in *Dino Buzzati*, Atti del congresso di Venezia, 3-4 novembre 1980, cit., pp. 290-304.

A. Sala, *Dino Buzzati pittore: la frontiera perenne*, in *Dino Buzzati*, cit., pp. 305-11.

A. Laganà Gion, *Una pittura esistenziale su uno sfondo naïf*, e *Rapporti fra letteratura e pittura*, in *Dino Buzzati. Un autore da rileggere*, cit., pp. 89-109.

G. Zampa, *Una partenza senza perché*, in «il Giornale», 27 gennaio 1985.

C. Marabini, *Buzzati guida un reggimento carico di pena*, in «Tuttolibri», suppl. de «La Stampa», 2 marzo 1985.

G. Gargiulo, *Il lettore degli anni Sessanta nel «Cut-up» di Poema a fumetti*, in AA.VV., *Il pianeta Buzzati*, cit., pp. 293-306.

A.P. Zugni Tauro, *L'affabulazione fantastica ne «I miracoli di Val Morel»*, ibid., pp. 341-71.

C. Donati, *Scrittura-immagine nel «Poema a fumetti» di Dino Buzzati*, in *Letteratura italiana e arti figurative*, Olschki, Firenze 1988, pp. 1139-47.

M. Ferrari, *L'immaginario dipinto*, in *Dino Buzzati. La donna, la città, l'inferno*, a cura di M. Ferrari, Canova, Treviso 1997, pp. 15-18.

—, *Buzzati 1969: il laboratorio di «Poema a fumetti»*, Mazzotta, Milano 2002.

AA.VV., *Poema a fumetti di Dino Buzzati nella cultura degli anni '60 tra fumetto, fotografia e arti visive*, Atti del Convegno internazionale a cura di N. Giannetto, Mondadori, Milano 2005.

Sulle traduzioni e la fortuna europea

N. Giannetto, *Bibliografia delle traduzioni delle opere di Buzzati*, in *Il coraggio della fantasia*, cit., pp. 93-101.

C. Bec – J.-M. Gardair – F. Livi, *Cinquant'anni di letteratura italiana nei paesi europei di lingua francese (1937-1986)*, in AA.VV., *Lingua e letteratura italiana nel mondo oggi*, cit., vol. I, pp. 193-201.

AA.VV., *Dino Buzzati: un écrivain européen. Problèmes de traduction et d'analyse textuelle* (Actes du colloque international organisé les 10, 11 et 12 avril 1992), a cura di M. Bastiaensen e E. Hoppe, in «Idioma», 5, 1993.

Y. Frontenac, *Réflexions sur Dino Buzzati écrivain européen*, in «Cahiers Dino Buzzati», n. 9, 1994, pp. 355-60.

AA.VV., *Dino Buzzati: la lingua, le lingue*, cit. (con un'appendice di M. Formenti e I. Pilo, *Buzzati all'estero*, pp. 267-76, che integra la precedente bibliografia di N. Giannetto).

Il segreto del Bosco Vecchio

1

È noto che il colonnello Sebastiano Procolo venne a sta-
bilirsi in Valle di Fondo nella primavera del 1925. Lo zio
Antonio Morro, morendo, gli aveva lasciato parte di una
grandissima tenuta boschiva a dieci chilometri dal paese.
L'altra parte, molto più grande, era stata assegnata al
figlio di un fratello morto dell'ufficiale: a Benvenuto Procolo, un ragazzo di dodici anni, orfano anche di madre,
che viveva in un collegio privato non lontano da Fondo.
Tutore di Benvenuto fino allora era stato il prozio Morro.
La cura del ragazzo rimase in seguito affidata al colonnello.
A quell'epoca, e così rimase pressapoco fino all'ultimo, Sebastiano Procolo era un uomo alto e magro,
con due vistosi baffi bianchi, di robustezza non comune, tanto che si racconta fosse capace di rompere una
noce tra l'indice e il pollice della mano sinistra (il Procolo era mancino).
Quando egli diede le dimissioni dall'esercito, i soldati
del suo reggimento trassero un sospirone, poiché difficil-
mente si poteva immaginare un comandante più rigido e
meticoloso. L'ultima volta ch'egli varcò, uscendo, il por-
tone della caserma, lo schieramento della guardia ebbe
luogo con speciale celerità e precisione, come da alcuni
anni non avveniva; il trombettiere, che pure era il migliore

del reggimento, superò veramente se stesso con tre squilli di attenti che divennero proverbiali, per il loro splendore, in tutto il presidio. E il colonnello, con un leggero inarcamento delle labbra che poteva sembrare un sorriso,[1] mostrò d'interpretare come un segno di commosso ossequio quella che in sostanza era una manifestazione di intimo giubilo per la sua partenza.

---

[1] Un vero e proprio sorriso non fu mai visto sul volto del Procolo.

2

Il Morro, pacifico possidente, ritenuto l'uomo più ricco della vallata, non aveva sfruttato gran che le sue tenute. Aveva sì fatto abbattere molte piante ma solo in una ristretta zona dei suoi boschi. La foresta più bella, se pur minore, il cosidetto Bosco Vecchio, era stata completamente rispettata. Là c'erano gli abeti più antichi della zona, e forse del mondo. Da centinaia e centinaia d'anni non era stata tagliata neppure una pianta. Al colonnello era appunto toccato in eredità il Bosco Vecchio, con una casa già dimora del Morro e una lista di altro terreno boschivo che si potrebbe definire di contorno.

Il Morro, come del resto tutta la popolazione della valle, aveva per quella grandissima foresta una autentica venerazione e prima di morire aveva cercato, ma invano, di farla dichiarare monumento nazionale.

Un mese dopo la morte, in riconoscimento delle sue benemerenze forestali, le autorità di Fondo inaugurarono, nella radura del bosco, dove si trovava la casa del Morro, una statua dell'estinto, in legno scolpito e verniciato a vivi colori.

Tutti la trovarono veramente somigliante e magnifica. Ma quando, alla cerimonia inaugurale, un oratore disse:

«... è quindi giusto che della sua opera resti un segno di ricordanza imperituro», molti dei presenti si toccarono con i gomiti, ridacchiando: sei mesi, sì e no, poteva durare una statua simile, e poi sarebbe marcita.

3

Fu Giovanni Aiuti, uomo di mezza età, già fattore del Morro, che andò a prendere il colonnello Procolo alla stazione, il giorno del suo arrivo, con un'automobile vecchio modello. La prima conversazione non fu delle più cordiali. (Spesso in seguito il buon Aiuti ebbe a rammaricarsi di essersi forse dimostrato in quell'occasione un po' petulante.)

«Straordinario!» egli disse al colonnello subito dopo i saluti di presentazione. «Ma sa che lei assomiglia al povero Morro? Ha proprio il naso identico.»

«Ah così?» chiese il colonnello.

«Proprio molto simile» spiegò l'Aiuti «si direbbe quasi lo stesso, se non si sapesse...»

«Si usa scherzare in questo paese, mi sembra?» fece gelido il colonnello.

«Una vera e propria costumanza non c'è» rispose l'Aiuti imbarazzatissimo «ma si celia, ogni tanto... oh Dio! Bazzecole senza pretese.»

I due, in automobile, si diressero subito alla casa del Morro. La strada, nei primi due chilometri, correva tra i campi del fondo valle; poi saliva fra praterie nude; a circa quattro chilometri dalla casa cominciava a entrare nel bosco, un bosco rado con piante alte ma patite; a un chilometro dall'arrivo entrava in un pianoro, dove si apriva

7

un'ampia radura. Di là si vedeva, e ancor oggi si vede benissimo, il celebre Bosco Vecchio, disteso tra due monti a panettone, salire fino in cima alla valle. Sul colle estremo spuntava un roccione giallo, alto forse un centinaio di metri, denominato il Corno del Vecchio; nudo e corroso dagli anni, aveva un'aria squallida, da non attirare simpatie.

In quel primo viaggio, così poi raccontò l'Aiuti, il colonnello trovò motivo d'irritarsi tre volte.

La prima fu a una ripidissima svolta della strada, poco sotto la radura, dove l'automobile si fermò, per mancanza di benzina. L'Aiuti riuscì a nascondere al Procolo, poco esperto di motori a scoppio, la vera causa per cui la macchina s'era fermata. Disse che gli succedeva sempre così, su quella salita, perché l'automobile era molto vecchia e non sopportava grandi sforzi.[1] Il colonnello, senza protestare, non dissimulò tuttavia il proprio dispetto: «Il Morro» egli chiese «come faceva?».

«Il Morro» rispose l'Aiuti «aveva una cavalla e un carrozzino. La cavalla, caso stranissimo, è morta proprio il giorno dopo il padrone. Era una bestia molto affezionata.»

La seconda arrabbiatura del colonnello avvenne ai piedi di un grande larice tutto seccato. Mentre i due procedevano a piedi, si era udito scendere dall'alto un grido roco. Il Procolo, guardando in su, aveva visto, appollaiato su uno degli ultimi rami, un uccello nero, di notevoli dimensioni.

L'Aiuti spiegò che quella era la vecchia gazza guardiana che il povero Morro teneva in grande considerazione: stava giorno e notte sulla pianta e quando qualcuno passava per la strada, faceva il suo verso, per avvertire quelli che stavano nella casa. Il grido infatti si sentiva anche a grande distanza. L'abilità dell'uccello consisteva nel fatto che la

---

[1] Questa menzogna costrinse poi l'Aiuti, nei successivi viaggi fatti da solo, a fermare l'automobile su quella salita e a farsi gli ultimi due chilometri e mezzo a piedi. Senò si sarebbe smascherato.

voce d'allarme veniva emessa solo nel caso che qualcuno salisse alla casa; a quelli che scendevano a valle la bestia non dava peso. Perciò serviva egregiamente da sentinella.

Il Procolo dichiarò subito che quella faccenda non gli piaceva. Che affidamento poteva dare un uccello simile? Avrebbe dovuto mettere un uomo, lo zio, se voleva delle segnalazioni sicure. E poi quella bestia certamente dormiva; come poteva dunque svolgere la sorveglianza durante il sonno? L'Aiuti fece notare che la gazza di solito dormiva con un occhio aperto.

«Basta, basta...» disse allora il colonnello Procolo, troncando la discussione, e riprese a camminare, battendo il suo bastone a terra, senza dare neppure un'occhiata a quel bosco, che cominciava ad essere suo.

Per la terza volta il Procolo si irritò quando fu giunto alla casa. Era un edificio anziano, piuttosto complicato, che si poteva anche dire pittoresco.

L'attenzione del nuovo proprietario fu attratta prima di tutto da un segnavento di ferro sormontante un camino.

«Un'oca, mi sembra, vero?» domandò.

L'Aiuti ammise che il segnavento aveva proprio la forma di un'oca; l'aveva fatto fare il Morro, saranno stati tre anni.

Al proposito il colonnello aggiunse che, a suo parere, s'imponeva in quella casa qualche cambiamento.

Per fortuna venne un leggero soffio di vento, di quelli che non mancano quasi mai tra i boschi di una certa estensione, e il colonnello poté accorgersi che l'oca, girando, non produceva il minimo rumore. Questa constatazione parve rasserenarlo alquanto.

Intanto era uscito dalla casa Vettore, il servo dello zio Morro, sui sessant'anni, annunciando al colonnello che, servitor suo, il caffè era pronto.

4

Il mattino dopo, verso le 10,30, giunsero alla casa, debitamente preannunziati dalla gazza, cinque uomini. Erano i componenti della Commissione forestale, venuti per una ispezione.

Il capo spiegò al colonnello che la legge imponeva delle visite di controllo, per verificare che i proprietari non abusassero del taglio delle piante. Non era questo il caso del Morro che, pur avendo sfruttato al massimo il piccolo bosco circostante la radura (il quale per parecchi anni doveva ora essere risparmiato), aveva lasciato in ottime condizioni tutte le selve ora appartenenti a Benvenuto e non aveva mai toccato il famoso Bosco Vecchio, orgoglio della vallata. Ma le formalità erano formalità, e la visita doveva esser fatta.

Il colonnello si mostrò alquanto riservato, ma in fondo non gli spiacque di essere accompagnato subito a vedere il Bosco Vecchio, di cui aveva sentito tanto parlare.

Il Procolo e la Commissione si misero in cammino. Attraversata la zona di bosco ormai spopolata (il capo della Commissione fece le sue alte meraviglie che il Morro avesse fatto martellare le piante a spizzico, diradando la fustaia, così da esporla a tremenda rovina in caso di tempesta), i sei arrivarono ad una stecconata, dietro la quale

10

cominciava una zona di foresta molto più fitta, con abeti di diverse qualità, venerandi ed altissimi.

Non si vedevano tracce di taglio. Proprio al limite giaceva disteso un grande albero probabilmente crollato per vecchiaia o per vento. Nessuno si era curato di portarlo via e tutti i rami si erano coperti di una muffa soffice e verde.

Si svolse una discussione.

Il colonnello chiese se almeno nel Bosco Vecchio egli potesse far eseguire dei tagli.

Il capo della Commissione rispose che divieti specifici non ce n'erano; naturalmente non si dovevano sorpassare certi limiti.

Intervenne allora uno dei quattro membri della Commissione, un certo Bernardi, uomo alto e robustissimo, di età indefinibile e di espressione cordiale:

«Divieti non ce ne sono» egli disse «ma faccio voto che lei, colonnello, non sia da meno del suo nobile zio Morro. Sono gli abeti più antichi che si conoscano. E son certo che lei non avrà intenzione...»

«Le mie intenzioni» interruppe il Procolo «non le conosco neppur io, ma non mi sembra che vi sia il motivo per tanta invadenza, scusatemi l'espressione...»

«Mi stia a sentire un attimo» fece l'altro «e non si scaldi. Una volta, ma molti secoli fa, questa terra era tutta pelata. Proprietario era il brigante Giacomo, detto Giaco, un uomo pieno d'iniziativa che aveva un suo piccolo esercito. Un giorno tornò senza nemmeno più un soldato, stanco morto e ferito. Allora pensò: bisogna stare più attenti, una volta o l'altra m'inseguono e io non ho un buco da nascondermi; bisogna che io pianti un bosco, dove mi possa riparare. Detto fatto, piantò questa foresta, ma siccome gli alberi crescevano adagio, gli toccò aspettare fino agli ottant'anni. Allora arruolò dei soldati e partì per una nuova impresa. Ne son passati da quel tempo degli anni, ce ne sarebbe da fare un museo, ma chi le dice, colonnello, che

Giacomo non possa tornare? Le dirò di più: lo si aspetta da un momento all'altro, può darsi sia di ritorno proprio stasera. E, si può essere sicuri, non avrà più un soldo né un soldato. Sarà inseguito da centinaia di uomini, forse anche da donne, tutti armati di fucili e randelli. Lui avrà solo una piccola scimitarra e sarà affamato e stanco. Non avrà il diritto di trovare il suo bosco intatto, da potersi rintanare? Non è roba sua lo stesso?»

«Ogni pazienza ha un limite» scattò allora il colonnello. «Questo è parlare da forsennati.»

«Non mi pare di aver detto niente di assurdo» fece il Bernardi con voce più alta. «Toccare questo bosco sarebbe una cosa iniqua, ecco cosa le dico.»

Balbettò ancora qualche parola e poi si allontanò, inoltrandosi da solo nel Bosco Vecchio.

Il capo della Commissione, per giustificare il collega, osservò come quegli fosse un uomo strano, un po' nervoso; ma conosceva i boschi come nessun altro; quando si trattava di guarire una pianta, era prezioso.

Il colonnello pareva ormai mal disposto, e si avviò da solo al ritorno. Nello stesso tempo dall'interno del Bosco Vecchio giunse una voce: «Colonnello, colonnello, venga un momento a vedere!».

«Chi è che chiama in questi modi?» chiese il Procolo al capo della Commissione.

«Non capisco» fece l'altro malamente sorpreso «assolutamente non capisco.»

«Certe confidenze» concluse il colonnello che aveva ben riconosciuto la voce del Bernardi «certe confidenze non le sopporto volentieri, diteglielo pure, se credete.»

E si diresse verso casa a passo velocissimo, mentre si affievoliva nel cuore della foresta il grido: «Colonnello! Colonnello!».

5

Il seguente fatto avvenne non si sa bene se all'indomani o due giorni dopo la visita della Commissione forestale.

Il Procolo dopo cena passeggiava per la spianata davanti alla casa.

Il crepuscolo stava per finire quando si udì il segnale della gazza.

Il colonnello chiese a Vettore chi potesse arrivare a quell'ora. Vettore rispose che non sapeva proprio.

Dopo venti minuti non era ancor giunto nessuno. Fu allora che la gazza gridò per la seconda volta.

«Una volta può sbagliare ma due volte non è mai accaduto» notò Vettore.

Il colonnello, camminando su e giù per il prato, aspettò tre quarti d'ora, senza che comparisse alcuno. Finalmente decise di andare a letto e incaricò Vettore di fare la guardia.

Erano le 21,30 quando egli spense la luce e si rivoltò con la pancia in giù per addormentarsi. Proprio in quel momento giunse per la terza volta il richiamo della gazza. Ma non venne nessuno.

La voce si udì ancora alle 22,30, alle 23,10, alle 24 in punto, all'1,40, alle 2,55, e alle 3,43. Il colonnello ogni volta cominciava un'attesa nervosa, ricacciando indietro il sonno. Ogni volta accendeva la luce, guardava l'orologio d'oro.

Alle 3,49, quando per la decima volta giunse la voce dell'uccello, il colonnello balzò dal letto, si vestì, prese un fucile con alcune cartucce e si avviò per la strada verso l'albero della gazza.

Quella notte c'era la luna, appena appena calante.

Giunto al limite del bosco, benché ci fosse abbastanza luce, il colonnello non capiva più se avesse o no oltrepassato la pianta della gazza. Ma d'un tratto, proprio sopra la sua testa, echeggiò il rauco richiamo dell'uccello.

Alzati gli occhi, il Procolo riconobbe, su uno dei rami estremi, la gazza guardiana. Allora alzò il fucile, mirò e lasciò partire un colpo.

Spentasi l'eco della detonazione, rimasero solo le grida altissime della gazza ch'era stata colpita e si dibatteva sul ramo.

Il colonnello comprese benissimo che erano feroci maledizioni.

«Ne avevo abbastanza di questi stupidi scherzi. Non voglio perdere il sonno per colpa tua» gridò Sebastiano Procolo. «Dieci volte hai dato il segnale questa notte e non è venuto nessuno.»

«Vigliacco!» gridava la gazza «adesso mi hai ferita gravemente. No che non ti dirò chi ho visto passare stanotte, no che non te lo dico.»

«Un bel niente hai visto passare» disse il colonnello. «La prova ne è che ti sei messa a gridare anche quando sono arrivato io, eppure venivo dalla casa.»

«Mi ero un po' addormentata, ti ho visto fermo qui sotto. Non ho capito chi fosse. Poteva ben essere qualcuno venuto dal basso... Sarà lecito sbagliare una volta!»

Intanto la gazza con molta fatica era scesa di ramo in ramo, fino a circa un quarto dell'altezza dell'albero. Per tenersi diritta, ferita com'era, appoggiava le ali come puntelli, cercando di nascondere la sua infermità.

Seguì un silenzio e poi si cominciarono a udire dei piccoli colpi regolari sulla base del tronco. Il colonnello si accorse ch'erano gocce di sangue che cadevano dall'alto. «Chi era passato di qui? Per chi avevi dato il segnale?» domandò ancora Sebastiano Procolo.

«Non te lo dico» rispose la gazza «è inutile che tu insista.»

Un altro silenzio. Si udì ancora il ticchettìo sul tronco.

«Forse è una ferita da niente» osservò il colonnello.

«Non importa, non preoccupartene. Del resto un giorno o l'altro volevo ben andarmene da questo posto maledetto. Ingenua che ero: pensavo che il mio servizio di segnalazioni fosse gradito. Ma il posto non lo posso soffrire. Tutto è vecchio decrepito, tutto va in putrefazione. Morro è morto. E tu, come età, non scherzi, caro il mio signor colonnello.»

«Ti sparo un altro colpo se non la smetti» fece il Procolo irritato.

La gazza gorgogliò qualche cosa, senza che si potesse capire. La voce divenne ancora più opaca del solito e usciva a stento.

«Mi hai ferita a tradimento» disse infine la gazza. «Forse dovrò morire. Lasciami allora dire una poesia.»

«Una poesia?»

«Sì» fece la gazza con tristezza «è il mio unico svago. Solamente faccio fatica. Le rime non mi riescono quasi mai. Naturalmente bisogna che qualcuno mi stia a sentire, senò è inutile. Due volte sole in quest'ultimo anno...»

«Be'» disse il colonnello interrompendola «fa' presto, allora...»

Si ebbe un silenzio che lasciò udire il ticchettìo delle gocce di sangue, oramai fioco e rado. La gazza si eresse con tutte le forze, puntellandosi con le ali. Alzò la testa verso la luna. Poi si udì la sua rauca voce, con dentro una specie di dolcezza:

«Ricordo i giorni in cui mi dicevano:
"Certo tu volerai molto bene
tu avrai la vita facile e lieve
molto più lunga di quelle nostre."

Così dicevano i miei fratelli.
Io m'affrettavo a risponder loro:
"Non io bensì voi diventerete
di un'abilità eccezionale..."»

Qui la gazza si fermò, ansimando, per avvertire:
«Mi dispiace, ho perso una sillaba. Accade alle volte,
così, non si sa come...»
Il colonnello, con la destra, fece un indulgente segno
di tolleranza.
«Dunque» riprese allora l'uccello «eravamo rimasti a:

"... Non io bensì voi diventerete
di un'abilità eccezionale.
Voi sì diventerete famosi.
Forse vi faranno monumenti.
Di me sarete molto più bravi
e morirete molto più tardi."

I miei fratelli allora dicevano:
"Perché vuoi nascondere i tuoi meriti?
Possiedi tali disposizioni
da ottenere il più grande successo."

Allora fingevo d'irritarmi:
"No, fratelli, siete proprio voi
che trionferete un dì nelle Americhe
tra rosse nubi napoleoniche."

Non qui finiva la discussione.
In aprile, in agosto, in settembre,
anche in dicembre, tra i freddi venti,
sempre questi eterni complimenti.»

«Hai fatto una rima!» notò ad alta voce il colonnello dal basso.

«Sì» rispose la gazza «me ne sono accorta. Peccato che...»

Sebastiano Procolo stava attento. Vide la testa della gazza afflosciarsi come se fosse mancato il sostegno. Tutto il corpo si piegò da una parte, restò un momento in bilico e poi cadde giù di ramo in ramo, fino a che giacque sul terreno.

Il colonnello raccolse da terra l'uccello, lo soppesò in una mano, lo adagiò nuovamente al suolo. Quando egli se n'andò, la notte stava per finire.

6

Mancano particolari sul come Sebastiano Procolo venne a scoprire la faccenda dei genî e del vento Matteo.

Secondo quello che raccontò Vettore, una sera il Procolo sarebbe stato attirato da un lume che attraversava il bosco e l'avrebbe raggiunto senza farsi vedere. Era il Bernardi che, alla luce di una lanterna, riconduceva a casa tre bambini smarriti nella foresta; tre collegiali, compagni di Benvenuto. Il Bernardi avrebbe loro raccontato la storia, senza immaginare che il colonnello lo seguiva e ascoltava tutto.

Altri sostengono che il colonnello conosceva fin dai primi tempi il linguaggio degli uccelli e da loro avesse avuto la rivelazione.

Tutte e due queste ipotesi non son persuasive. Ma è indiscutibile che il Procolo non ci mise molto a conoscere la verità; senò non sarebbe successo quello che poi avvenne.

Era una verità vecchia, ch'era stata detta più volte, ma a cui nessuno credeva. Per quanto sembri inverosimile, ancor oggi nella Valle di Fondo non c'è forse nessuno che se ne sia reso seriamente conto; e anche se verranno lette queste pagine, probabilmente sarà lo stesso, tanto sono grandi tra quella gente i pregiudizi e la superstizione.

Fin dai secoli scorsi, tutti si erano accorti che il Bosco

Vecchio era diverso dagli altri. Magari non lo si confessava, ma questo era un convincimento comune. Che cosa ci fosse di diverso nessuno però lo sapeva dire.

Fu solo all'inizio del secolo scorso che la realtà venne chiaramente scoperta. Cosa ci fosse di speciale nel Bosco Vecchio lo capì benissimo l'abate don Marco Marioni durante un viaggio in quella vallata. Il fatto non gli parve gran che strano e breve è il cenno da lui fatto nelle «Note geologiche e naturalistiche di un sacerdote pellegrino» pubblicate nel 1836 a Verona.

Sono notizie succinte ma molto chiare:

"Piacquemi, in quel di Fondo, pascere la mia vista di una mirabile visione; visitai una ricca foresta, che quegli alpigiani denominano Bosco Vecchio, singolare per l'altezza dei fusti, superanti di gran lunga il campanile di San Calimero. Come io ebbi a notare, quelle piante sono la dimora dei genî, quali trovansi anche in boschi di altre regioni. Gli abitanti, a cui chiesi notizia, pareano ignari. Credo che in ogni tronco sia un genio, che di raro ne sorte in forma di animale o di uomo. Sono esseri semplici e benigni, incapaci di insidiare l'uomo. Estendesi tale foresta per jugeri..."

Il Marioni fu il primo e ultimo naturalista che scrisse dei genî del Bosco Vecchio. La notizia non era assolutamente nuova perché a diverse riprese, anche anticamente, si era sentita ripetere nelle vie di Fondo. Era stato forse qualche boscaiolo, convinto dall'evidenza dei fatti, a mettere in giro la voce; tutti però l'avevano presa per una diceria senza costrutto.

Praticamente i successivi proprietari del bosco e gli abitanti della vallata si erano resi conto che quegli abeti avevano qualcosa di non comune; e ciò contribuisce a spiegare il fatto che nessuno aveva eseguito dei tagli. Ma quando si parlava di genî, erano risate di scherno.

Solo i bimbi, ancor liberi da pregiudizi, si accorgevano

che la foresta era popolata dai genî; e ne parlavano spesso, benché ne avessero una conoscenza molto sommaria. Con l'andar degli anni però anch'essi cambiavano d'avviso, lasciandosi imbevere dai genitori di stolte fole.

Dobbiamo aggiungere che neppur noi abbiamo dei genî del Bosco Vecchio notizie molte precise. Pare, come scrisse l'abate Marioni, ch'essi potessero assumere parvenze di animali o di uomo e uscire dai tronchi, la qual cosa sembra avvenisse in circostanze del tutto eccezionali.

La loro forza, così risulterebbe, non poteva in alcun modo opporsi a quella degli uomini. La loro vita era legata all'esistenza degli alberi rispettivi: durava perciò centinaia e centinaia d'anni.

Di carattere ciarliero, se ne stavano generalmente alla sommità dei fusti a discorrere fra loro o col vento per intere giornate; e spesso anche di notte continuavano a conversare.

Pare inoltre che essi avessero ben compreso il pericolo di essere annientati dagli uomini con il taglio degli alberi. Certo è che uno di loro, senza che gli abitanti di Fondo lo immaginassero, lavorava da molti anni per evitare il disastro: era il Bernardi.

Più giovane e meno neghittoso dei suoi compagni, sembra che egli, in forma umana, vivesse quasi sempre tra gli uomini, al solo scopo di assicurare la salvezza dei fratelli.

Per questo si era fatto eleggere membro della Commissione forestale. E interi anni aveva faticato per persuadere il Morro a risparmiare il Bosco Vecchio; sapendolo vanitoso, aveva saputo prenderlo dal lato debole: lo aveva fatto includere anche lui nella Commissione forestale, gli aveva procurato un diploma di benemerenza, l'aveva fatto nominare cavaliere. Dopo la morte, gli aveva anche fatto erigere un monumento: una statua modesta, è vero, ma lavorata egregiamente.

Quanti i sacrifici, le astuzie, le fatiche del Bernardi per

i propri compagni. Quante sere, mentre gli altri genî, sulle cime degli abeti, univano le loro voci in coro per intonare certe loro tipiche canzoni, il Bernardi doveva starsene a chiacchierare con il Morro, per tenerlo in buona, di noiose questioni che non gli importavano niente, o a far dei giochi di carte che non lo divertivano affatto, dinanzi a un bicchiere di vino che non gli piaceva; ed entrava intanto dalla finestra, con il profumo di preziosissime resine, la voce fonda dei suoi fratelli, che cantavano spensierati.

Appena conobbe il colonnello Procolo e udì la sua intenzione di fare tagli nel Bosco Vecchio, il Bernardi comprese subito che ogni tentativo di persuasione sarebbe stato inutile. Allora, come estremo rimedio, per la salvezza dei compagni, decise di ricorrere al vento Matteo.

7

Al principio di questo secolo, nella Valle di Fondo, il vento Matteo era molto conosciuto. Pochi venti anzi avevano mai raggiunto in passato una notorietà simile alla sua.

Fosse vera o no la sua decantata potenza, certo è che tutti ne avevano grande terrore. Quando Matteo si avvicinava, gli uccelli smettevano di cantare, le lepri, gli scoiattoli, le marmotte e i conigli selvatici si rintanavano, le vacche emettevano lunghi muggiti.

Nel 1904 aveva fatto crollare la diga in Valle O, costruita per un impianto idroelettrico. Quando i lavori erano finiti e si stava per far salire l'acqua, un guardiano del cantiere, tale Simone Divari, discorrendo con un compagno sulla solidità del manufatto, pare avesse detto che né terremoto né bufera avrebbero potuto minacciarlo. Per caso quelle parole, così almeno stabilì l'inchiesta governativa, furono udite da Matteo che si irritò grandemente. Presa una buona rincorsa, il vento si precipitò contro la muraglia, abbattendola di schianto.

Ambiziosissimo, preferiva signoreggiare nella piccola vallata, piuttosto che girovagare per le grandi pianure e gli oceani, dove poteva incontrare facilmente colleghi molto più forti di lui. Notevole il fatto ch'egli godesse grande considerazione anche presso i compagni gerarchicamente superiori. Risulta infatti che i potentissimi venti da carico, i quali monopolizzavano il trasporto dei cicloni, si soffermavano sovente a discorrere con Matteo. E neppur con essi il vento della Valle di Fondo lasciava quel suo modo di trattare rozzo e superbo.

Matteo acquistava gagliardia speciale due ore prima dell'imbrunire e in genere toccava il massimo della sua forza nei periodi di luna crescente.

Dopo le sue bufere maggiori, che lasciavano nei paesi della valle danni da non si dire, Matteo appariva affaticato. Si sdraiava allora in certe vallette solitarie e si aggirava lentamente per settimane intere, assolutamente innocuo.

Per questo egli non era sempre odiato. In quelle notti di bonaccia infatti Matteo scopriva un'altra sua grandissima qualità; si rivelava musicista sommo. Soffiando in mezzo ai boschi, qua più forte, là più adagio, il vento si divertiva a suonare; allora si udivano venir fuori dalla foresta lunghe canzoni, simili alquanto ad inni sacri. Quelle sere, dopo la tempesta, la gente usciva dal paese e si riuniva al limite del bosco, ad ascoltare per ore e ore, sotto il cielo limpido, la voce di Matteo che cantava. L'organista del Duomo era geloso e diceva ch'erano sciocchezze; ma una notte lo scoprirono anche lui nascosto ai piedi di un tronco. E lui non s'accorse neppure d'esser visto, tanto era incantato da quella musica.

Fu nel 1905 che uno di quei grandi venti, venuto dall'estero, garantì a Matteo che in nessun luogo si riposava bene come nelle caverne; bisognava trovare un antro di sufficiente ampiezza dove si potesse girare in senso rotatorio; il che, diceva quel vento, dava uno straordinario sollievo.

Matteo da quel giorno si mise a cercare una caverna. Ne trovò di piccole, a budello, dove non riusciva ad entrare completamente. Ne trovò una immensa, fatta a forma di chiesa, con un lago nel fondo; ma era già occupata da un fortissimo vento oceanico che si era smarrito, molto più forte di lui. Non c'era nulla da fare.

Fu la gazza guardiana, la sentinella, che finalmente gli diede un buon consiglio. In cima al Bosco Vecchio, proprio ai piedi del Corno, dove cominciavano le rocce, doveva trovarsi un foro, grande come la bocca di un pozzo, che immetteva in una grande caverna sferica, completamente disabitata.

Matteo corse al posto indicato. Trovò il pertugio e con grande fatica, facendosi sottile al massimo, s'infilò nell'interno, traendosi dietro tutta la coda. Cominciò quindi a rotare lentamente attorno, nell'antro grandissimo, provando soddisfazione; produceva un rombo speciale che usciva dal pertugio all'esterno con effetto armonioso.

Allora i genî del Bosco Vecchio, che avevano avuto da Matteo solo malanni, uscirono silenziosamente dai tronchi, smossero un grande macigno e lo spinsero fino alla bocca del pertugio, imprigionando il vento. Matteo aveva un bell'accanirsi per riaprire l'uscita: il foro era troppo stretto per poterci lavorare dentro e il macigno, relativamente, troppo pesante.

Non si udì più, all'esterno, il rombo armonioso di prima, ma attraverso una fessura, troppo stretta per permettere la fuga, cominciò un fischio rabbioso che formava delle parole. Erano atroci bestemmie, che continuarono giorno e notte senza un attimo di sosta. Erano tali bestemmie che le erbe tutt'intorno seccarono e gli alberi più vicini persero una parte delle foglie.

Con l'andare degli anni però il fischio divenne flebile, le maledizioni cessarono o quasi e le erbette ricominciarono a nascere nelle vicinanze del pertugio bloccato. Attraverso la fessura ora uscivano lamenti: Matteo supplicava che gli ridonassero la libertà. La voce querula usciva senza intermittenza e spesso le bestie selvatiche si raccoglievano dinanzi al masso, ascoltando meravigliate.

Matteo prometteva devozione assoluta a chi l'avesse liberato; prometteva di farlo ricco portandogli alberi strappati dalle lontane foreste, armenti e greggi sollevati nell'aria dai più remoti pascoli; prometteva di dargli una grande potenza come pochi re sulla terra, di distruggere i suoi eventuali nemici, di fare, a volontà di lui, cattivo o bel tempo, raccogliendo o allontanando le nubi. Passava lunghe ore a descrivere nei più minuti particolari le modalità con cui avrebbe dimostrato riconoscenza a chi l'avesse liberato; e fuori intanto non c'era nessuno a dargli retta, eccetto le erbette, qualche lepre curiosa e gruppi di uccelli annoiati.

8

Il colonnello Procolo non solo venne a sapere tutto questo, ma fu pure informato, non si sa da chi, che il Bernardi aveva l'intenzione, per impedire i tagli nel Bosco Vecchio, di liberare il vento Matteo e di scatenarlo contro di lui. Sebastiano Procolo sarebbe stato perduto.

Il colonnello decise di prevenire il Bernardi. Scese personalmente a Fondo in bicicletta, assoldò quattro operai, con picconi, martelli, leve, scalpelli, polvere da mina e miccia; poi risalì a liberare Matteo. Così il vento sarebbe stato alle sue dipendenze ed egli non avrebbe più avuto nulla da temere.

Il Procolo e i quattro operai giunsero alla base del Corno del Vecchio dopo una faticosa marcia sotto il sole. Egli non stentò a trovare il macigno che chiudeva il pertugio e poté verificare che il vento stava ancora imprigionato: si udiva infatti provenire, da dietro il pietrone, una voce sottile e lamentosa. Il colonnello, con una comprensibile titubanza, iniziò le trattative. Fatti allontanare alquanto gli operai perché non potessero udire, si avvicinò al macigno e lo percosse con il suo bastone. Poi domandò: «Chi parla lì dentro?».

Il sibilo proveniente dalla roccia si fece subito più intenso e formulò alcune incomprensibili parole.

Il Procolo istintivamente si ritrasse, piuttosto imbarazzato.

"Santo Dio" brontolò tra sé "se si comincia a non intenderci..."

Ma dopo qualche minuto il colonnello si riprese, si riavvicinò alla pietra e scandì con voce più forte:

«Se ti faccio venire fuori, mi giuri obbedienza?»

Il vento allora fischiò, pronunciando chiaramente:

«Sì, certo, io mi impegno.»

«Mi chiamo Procolo» aggiunse l'altro «sono il colonnello Sebastiano Procolo.»

«Più forte! Non capisco!» fischiò Matteo con un tono dispettoso.

«Sebastiano Procolo» sillabò quasi esasperato il colonnello. «Adesso giura, fa' presto.»

Il sibilo pronunciò in modo distinto:

«Giuro che se Bastiano...»

«Sebastiano!» ruggì il colonnello.

«... che se Sebastiano Procolo mi libera da questa caverna, io gli sarò sempre obbediente, distruggerò a suo piacimento i nemici, farò venire la tempesta o il sereno secondo i suoi rispettivi desideri. Giuro di dimostrare la mia riconoscenza, costasse pure la vita a qualcuno. La mia vita sarà unita a quella di Sebastiano Procolo, fino all'ultimo termine.»

«Benone» disse il colonnello «hai finito?»

«Mi par di sì» rispose l'altro dal di dentro «il giuramento è finito.»

Con uno speciale fischietto di bachelite, il colonnello allora richiamò gli operai e spiegò che bisognava far saltare quel macigno. Gli operai si misero subito al lavoro, con un grande smartellamento. Il Procolo si ritirò all'ombra, ai piedi dell'abete più vicino, si asciugò il sudore della fronte e si sedette aspettando.

Al primo colpo di mina il macigno andò in schegge minutissime. Il pertugio rimase quasi del tutto sgombero e si udì internamente un violento risucchio, come di un immenso lavandino che si vuotasse. Poi il vento cominciò ad uscire.

Matteo venne fuori girandosi attorno a forma di tromba d'aria, agitando il fumo della mina, per fare il maggiore effetto possibile. Non ne era uscita che una piccola parte quando il colonnello, balzato in piedi, corse verso il pertugio, gridando a tutta voce:

«Il mio bosco, attenzione! Se non te l'ordino, lasciami stare il bosco!»

Egli agitava nell'aria il bastone e gli operai lo guardavano stupefatti. Gli era venuto in mente che il vento volesse vendicarsi dei genî che lo avevano imprigionato, e abbattere, tutta o in parte, la foresta.

«Niente paura, colonnello» rispose con spavalderia Matteo che si innalzava sempre più verso il cielo. Egli andava urtando contro la parete del Corno, smuovendo sassi anche di una certa grossezza che si abbattevano fischiando alla base.

Il colonnello si allontanò, mettendosi al riparo, licenziò gli operai e si sdraiò all'ombra per riposare. Per circa mezz'ora sentì che qualcosa si agitava sopra il suo capo. Matteo, con ogni probabilità, stava stirandosi, dopo quei vent'anni di coercizione.

Poi il vento discese e soffiando tra i rami, domandò al colonnello se avesse ordini.

Il Procolo, dopo essersi concentrato per qualche istante, rispose di no; il vento tornasse da lui il mattino successivo.

«Tutto qui?» fece Matteo con una sfumatura d'ironia.

«Tutto qui» rispose l'altro. «È il primo giorno e ti posso anche concedere qualche respiro.»

Il vento si allontanò e rimase il silenzio. Poco dopo il colonnello si mise sulla via del ritorno. Quel giorno aveva delle scarpe quasi nuove, che scricchiolavano ad ogni passo, disturbando la quiete della foresta.

9

Fu il 15 giugno che il colonnello ordinò l'inizio dei tagli nel Bosco Vecchio. Evitato definitivamente il pericolo di Matteo, Sebastiano Procolo ordinò che si abbattesse una lista di piante in corrispondenza del centro della foresta; si apriva così un varco utile per l'eventuale trasporto di altri tronchi dalla sommità della valle.

Gli operai attaccarono un grandissimo abete rosso, di circa 40 metri, al limite del bosco. Verso le ore 15,30 il colonnello uscì di casa per andare a vedere; lo accompagnò il vento Matteo.

Avvicinandosi, udiva farsi più distinto il rumore della sega. Quando giunse sul posto rimase meravigliato di trovare una folla di uomini disposti in semicerchio attorno alla pianta.

Matteo avvertì che erano genî venuti per assistere alla fine del loro compagno. Non erano tutti; si erano riuniti soltanto quelli della zona di bosco vicina. Tra essi il Procolo vide subito il Bernardi.

Erano persone alte ed asciutte, con occhi chiari, il volto semplice e come seccato dal sole. Portavano vestiti di panno verde fatti secondo la moda del secolo prima, senza pretese di eleganza ma molto puliti. Tenevano tutti in mano un cappello di feltro. Nella maggioranza avevano i capelli bianchi ed erano sbarbati.

Nessuno sembrò accorgersi che fosse arrivato il colonnello. Il Procolo ne approfittò per avvicinarsi alle loro spalle e assistere così più da vicino a quello che stava succedendo. E come fu a ridosso della schiera dei genî, con molta circospezione, toccò la falda di una delle loro giacche, constatando che era stoffa vera e non una semplice illusione.

I boscaioli continuavano il lavoro con la massima indifferenza, come se non ci fosse nessuno a osservarli. Quattro facevano andar su e giù la sega che aveva ormai oltrepassato la metà del tronco. Il quinto era salito per attaccare la fune che sarebbe servita per far cadere l'albero dalla parte giusta.

Seduto su di un sassone, da solo, vicino alla base dell'albero, stava uno dei genî, simile a tutti gli altri; era il genio dell'abete che si stava tagliando. Seguiva il lavoro dei boscaioli con grande attenzione.

Tutti stavano zitti. Si udiva soltanto il rumore della sega e il fruscìo dei rami mossi involontariamente da Matteo. Il sole andava e veniva a causa delle frequenti nubi. Il colonnello notò che sull'abete che si stava abbattendo non c'era neppure un uccello mentre quelli intorno ne erano addirittura rigurgitanti.

Ad un tratto il Bernardi si staccò da un punto del semicerchio, avanzò per il terreno libero e si avvicinò al genio che sedeva solo, battendogli una mano sulla spalla.

«Siamo venuti per salutarti, Sallustio!» disse a voce alta come per far capire che parlava anche a nome di tutti gli altri compagni. Il genio dell'abete rosso si alzò in piedi, senza però staccar gli occhi dalla sega che rodeva il suo tronco.

«Quello che succede è triste, non ci siamo assolutamente abituati» continuò il Bernardi con voce pacata. «Ma tu sai quanto io abbia fatto per cercare d'impedirlo. Tu sai che siamo stati traditi e che ci è stato rubato il vento.»

E così dicendo rivolse i suoi sguardi, forse per puro caso, in direzione del colonnello Procolo, nascosto dietro la schiena dei genî.

«Siamo venuti a dirti addio» continuò il Bernardi. «Questa sera stessa tu sarai lontano, nella grande ed eterna foresta di cui in gioventù abbiamo sentito tanto parlare. La verde foresta che non ha confini, dove non ci sono conigli selvatici, né ghiri, né grillitalpa che mangiano le radici, né bostrici che scavino il legno, né vermi che divorino le foglie. Lassù non ci saranno tempeste, non si vedranno fulmini o lampi, neppure nelle calde notti d'estate.

«Ritroverai i nostri compagni caduti. Essi hanno ricominciato la vita, questa volta definitivamente. Sono tornati piantine a fior di terra, hanno di nuovo imparato a fiorire e sono saliti lentamente verso il cielo. Molti di loro devono esser già cresciuti bene. Salutami il vecchio Teobio, se lo rivedi, digli che un abete come lui non si è più visto, e sì che sono passati più di 200 anni. Questo gli potrà far piacere.

«Sì, è un po' dura una partenza così. Ci si era affezionati l'un l'altro e tutto questo sembra strano. Ma un bel giorno finiremo per ritrovarci. I nostri rami si toccheranno ancora, e riprenderemo i nostri discorsi e gli uccelli ci staranno a sentire. Ce ne sono lassù di grandi e bellissimi, uccelli a molti colori, come da queste parti non esistono.

«Ti confesso che avevo preparato un gran discorso, ma è meglio che parli così alla buona. Fra qualche giorno, forse domani stesso, qualcun altro di noi verrà a raggiungerti; può darsi che siano molti e che in mezzo ci sia pure io.

«Tu troverai il tuo posto pronto, ti rifarai con la pazienza un tronco, assai più bello di questo. Gli abeti di quella foresta raggiungono anche i trecento metri e passano da parte a parte le nubi. In fondo ti ci troverai bene: chissà, fra due tre mesi, ho paura, avrai già dimenticato anche i fratelli del Bosco Vecchio, non ti ricorderai più nemmeno dei nostri tempi felici.»

Il Bernardi tacque. L'altro gli strinse la mano, dicendo: «Grazie, adesso va' pure con gli altri, perché mi pare che si metta al brutto. Non è il caso di fare cerimonie».

10

Mentre il Bernardi parlava, era venuto un temporale. Grosse nubi scure si accavallavano nel cielo ed energici venti urtavano contro la foresta. Qua e là i rami si spaccavano di schianto.

I genî allora avevano avuto paura che le loro piante potessero essere abbattute dal vento; ciascuno pensò al proprio abete e volle andare a vedere. Certo è che mentre il Bernardi parlava, ad uno ad uno, silenziosamente, quelli si erano allontanati, abbandonando il compagno in procinto di morire.

Al limite della grande selva rimasero così solo i boscaioli, il Bernardi, Sallustio e il colonnello. Ma anche il Bernardi si allontanò presto nel cuore della foresta.

Sebastiano Procolo ebbe il dubbio che fosse stato Matteo a provocare quella bufera. Lo chiamò per nome. Il vento rispose subito, come se continuasse a girare tranquillamente lì intorno, e dichiarò di essere rimasto calmo. Ma il colonnello non era persuaso: approfittando della confusione, qualche spinta doveva averla ben data anche Matteo, agli abeti, insieme con gli altri venti.

Non si è riusciti mai a spiegare perché Sebastiano Procolo, con quel tempaccio, abbia voluto rimanere sul posto. Egli se ne stava immobile, ormai perfettamente scoperto, perché i genî se n'erano andati. Lo stormire dei rami nella foresta faceva un rombo cupo che spesso riusciva a coprire il rumore della sega.

Il genio dell'abete che stava per essere abbattuto si mosse improvvisamente avvicinandosi al colonnello.

«Sei venuto per il contrordine?» chiese.

«Quale contrordine?» domandò il Procolo.

«Pensavo che il padrone, qui, il colonnello Procolo, avesse cambiato idea e avesse ordinato di sospendere il taglio.»

«Il colonnello Procolo non ha mai dato in vita sua contrordini» fece in tono gelido Sebastiano.

«Lo conosci?»

«Da molti anni.»

«Se quelli lì smettessero il lavoro» disse il genio accennando ai boscaioli senza guardarli «forse sarebbe possibile che il mio taglio si rimarginasse, forse potrei continuare la vita...» Poi si voltò di scatto, allungò la destra come per indicare qualcosa e gridò con voce disperata: «Ma guarda laggiù, guarda!...».

Per timore che il vento sbattesse la pianta dalla parte opposta a quella in cui doveva cadere, i boscaioli avevano accelerato al massimo il lavoro, così da segare quasi per intero il tronco. Ora si erano attaccati alla corda e tiravano tutti insieme per far crollare l'abete.

«Attenzione! signor colonnello!» gridò uno di essi nel timore che il Procolo fosse troppo vicino e potesse rimanere investito.

Ma il colonnello rimase fermo. Il genio, inesplicabilmente, era di colpo scomparso. Dal corpo dell'abete uscì un lacerante scricchiolìo; il tronco cominciò lentamente a piegarsi, con movimento sempre più veloce. Poi crollò con un tonfo enorme.

Per alcuni minuti i rami schiantati continuarono a gemere. Infine si udì soltanto la voce uniforme della foresta. I boscaioli, raccolti gli attrezzi, si allontanarono di corsa, perché il cielo diventava sempre più nero.

Neanche allora il colonnello si mosse. Egli rimaneva impassibile e guardava l'abete morto, le cui linee si confondevano nell'oscurità della tempesta e della sera sopraggiungente. La selva s'innalzava a pochi metri come una tetra muraglia e ne usciva una voce di minuto in minuto più grave.

Pareva che Sebastiano Procolo non fosse più capace di muoversi. Egli rimase fermo per circa mezz'ora. Quando si riscosse era già buio, il temporale aumentava ancora e cadevano le prime gocce.

Allora il colonnello, agitando il bastone, come se fosse stato colto da una terribile ira, cominciò a chiamare: «Matteo! Matteo!». Ma nessuno gli rispose. C'erano soltanto le voci altissime degli altri venti che flagellavano la foresta e che lui non riusciva a capire.

Chiamò Matteo ancora sei sette volte, negli intervalli tra un tuono e l'altro. Intanto si era mosso in direzione della casa, sempre rigido come al solito ma con evidente nervosismo. I suoi richiami si perdevano, inghiottiti dal rombo della selva. Poco dopo cominciò a smarrirsi; nella semioscurità non riusciva a rintracciare il sentiero per cui era venuto. Ormai pioveva a dirotto.

Ad un tratto, di dietro un tronco, comparve un uomo. Il colonnello riconobbe il Bernardi ma sembrò ugualmente soddisfatto: «Se Dio vuole c'è qualcuno» esclamò «ho perso la strada».

«Vi accompagnerò io» disse il Bernardi. «Devo dirvi una cosa.»

11

Non si sa cosa si dissero esattamente i due, in quel lungo colloquio che durò fino all'alba. Il colonnello, con il Bernardi, si era sprangato nel suo studio e aveva chiuso anche le imposte, per timore che Matteo potesse curiosare. Mancarono così del tutto testimoni. Quella notte nello studio non c'erano nemmeno topi.[1] Solo da quello che successe in seguito si può arguire qualcosa.

Pare così che il Procolo desse al Bernardi la sua parola di far sospendere i tagli nel Bosco Vecchio. Forse la morte dell'abete Sallustio lo aveva leggermente impressionato. Ma a persuaderlo soprattutto fu il compenso offerto dal genio.

Se pur vagamente, si sa insomma che il colonnello acquistò con quel patto una vera e propria potestà sui genî del Bosco Vecchio. I genî si impegnarono soprattutto a raccogliere legna da ardere e vecchi tronchi spontaneamente caduti, e a trasportare il materiale al limite della radura, dove si sarebbe potuto caricarlo facilmente su carri o ca-

---

[1] I mobili e specialmente un vecchissimo canterano forse potevano aver udito qualcosa. Ma era inutile interrogarli. Essi non sanno esprimersi: solo qualche scricchiolìo ogni tanto; per raccontarci tutta la storia avrebbero impiegato trent'anni almeno.

36

mion. Calcolata l'estensione della selva, la riserva di tale legna era pressoché inesauribile. Dalla vendita, calcolando anche il prezzo più basso, il Procolo avrebbe potuto ricavare un guadagno maggiore che non facendo eseguire i tagli; ed evitava di danneggiare il bosco. Senza l'intervento dei genî sarebbe d'altra parte assurdo pensare di poter raccogliere tutta quella legna sparsa nella foresta.

Fu da questo patto, il contratto del 15 giugno, che derivò a Sebastiano quell'oscura potenza di cui ancor oggi si parla spesso nella valle. Nessuno, prima di noi, conobbe esattamente quali fossero le potestà del colonnello; appunto per questo sorsero assurde dicerie, e la figura dell'ex-ufficiale acquistò una aureola sinistra. (Da notare che nel bosco grandissimo appartenente a Benvenuto venivano nel frattempo eseguiti i tagli secondo le regolari rotazioni. L'amministrazione, come si è detto, era tenuta dallo stesso Procolo, tutore del ragazzo.)

Per quanto ci consta, i diritti conferiti al Procolo si limitavano quasi esclusivamente alla provvista della legna da ardere; sui singoli genî non poteva esercitare una vera e propria autorità diretta. Ciononostante era un potere quale nessun altro uomo prima di lui aveva avuto.

12

Una notte (il 21 giugno) ci fu festa nel bosco. Il Procolo se ne accorse da solo, verso le 10 di sera.[1] Senza spiegare il perché, domandò subito all'Aiuti, che si era attardato da lui per parlare d'affari, se conoscesse qualche sentiero per entrare nel Bosco Vecchio, e se lo potesse accompagnare. L'altro rispose di sì. (Il vento Matteo, all'imbrunire, aveva avvertito che doveva allontanarsi e star via fino al mattino.)

In mezz'ora giunsero al limite del bosco. Facendosi lume con una lanterna, i due s'inoltrarono per una specie di sentiero verso il cuore della selva, e continuarono a camminare spediti fino all'orlo di un'ampia radura, illuminata dalla luna.

Attorno c'erano abeti vertiginosi, tutti impregnati di tenebre. In mezzo c'era un prato regolare e vi giaceva attraverso un albero, morto chissà da quanti mai anni, ormai spoglio di frasche e di rami.

---

[1] In certe notti serene, con la luna grande, si fa festa nei boschi. È impossibile stabilire precisamente quando, e non ci sono sintomi appariscenti che ne diano preavviso. Lo si capisce da qualcosa di speciale che in quelle occasioni c'è nell'atmosfera. Molti uomini, la maggioranza anzi, non se ne accorgono mai. Altri invece l'avvertono subito. Non c'è niente da insegnare al proposito. È questione di sensibilità: alcuni la posseggono di natura; altri non l'avranno mai, e passeranno impassibili, in quelle notti fortunate, lungo le tenebrose foreste, senza neppur sospettare ciò che là dentro succede.

In quel punto si svolgeva la festa. Non c'era in verità nulla di appariscente, se si eccettuino i fuochi fatui che scivolavano lungo gli abeti, la purissima luce della luna e la presenza di innumerevoli genî raccolti al limite della radura. Il colonnello li intravedeva appena, accoccolati nell'ombra, immobili e silenziosi come se aspettassero qualcosa.

Appena i due furono usciti dal folto del bosco la lanterna si spense. (Su questo particolare molto poi si discusse: alcuni sostenevano che il colonnello avesse spento apposta il lume per paura di essere visto: ma evidentemente costoro non sapevano che uomo fosse il colonnello Procolo.)

I due si fermarono dove stava per finire l'ombra, ad osservare quello che stava accadendo. «Mi pare una cosa ridicola, non c'è niente di speciale» disse il Procolo all'Aiuti, e fece una specie di risatina che risuonò in modo terribile nel silenzio profondo.

«Se permette, io me ne vado» fece allora l'Aiuti. «Devo andare sino a Fondo. Domani ho da lavorare.»

Il colonnello non lo salutò neppure, intento com'era ad un largo suono che si spandeva nella foresta. Non gli parve una voce nuova. Poco dopo riconobbe il vento Matteo. In quel mentre giunsero, da grandissima lontananza, vaghi rintocchi di campana. Il Procolo guardò il suo orologio d'oro: era mezzanotte.

Alle ore 24 infatti il vento Matteo cominciò un concerto. Girava attorno alla radura, contro i tronchi nudi e le ramaglie tirandone fuori una musica.

Gli accordi si facevano sempre più ampi fino a che si poté distinguere un canto vero e proprio:

«Gli uomini non l'hanno mai veduto, – mentre nei pomeriggi d'autunno – passava presso alle case, – seminando le sue lunghe orme, – sulla polvere delle strade bianche, – strade per lo più deserte, – coperte da cieli tempestosi. – Gli uomini badavano ai loro affari, – voltavan gli occhi da un'altra parte, – quando lui, vestito di scuro, – passava vicino alle case.

– Solo dopo se n'accorgevano. – "Avete visto le sue orme?" dicevano. – "Di qua dev'essere passato, – dannazione delle nostre anime!" – Solo a me è accaduto di incontrarlo, – a me che nei pomeriggi d'autunno, – galoppo sovente per le strade, – trascurate dagli uomini. – Quel giorno egli portava in ispalla...»

Qui il vento si interruppe un momento:

«... egli portava sulle spalle... no, non era così, non riesco più a ricordarmi, son passati più di vent'anni e queste storie non le ho mai ripassate. Ditemi, o voi del bosco, vi ricordate come continuava?»

«Troppo tempo è passato da allora,» rispose dall'ombra uno dei genî «non ti saprei proprio cosa dire. Ma provane un'altra, del resto.»

Si udì ancora la voce del vento:

«Proverò la storia del testamento del gufo reale, – che nessuno è mai riuscito a trovare – eppure in qualche posto si trova – o nella fessura di qualche roccia – o sotto alla corteccia di un albero – o sepolto sotto la terra – in uno scrigno di vetro. – Grandissime erano le sue ricchezze – mucchi d'oro alternati a mucchi di rubini. – Ciononostante il gufo si consumava d'insonnia – perché senza darsi un'ora di requie – continuava a scrivere il testamento – temendo di non fare in tempo a finirlo. – Aveva scritto tremila pagine...»

Qui il vento s'interruppe di nuovo: «Aveva scritto tremilatrecento pagine... no, neanche questa non va, non mi ricordo più bene. Gufi, ohi! gufi, rispondete: vi ricordate la continuazione?».

Dall'alto di un abete giunse una voce roca:

«Anche se me la ricordassi, non ti suggerirei una parola. Questa storia del gufo reale, confesso che non mi è mai piaciuta troppo. Dirò di più: mi sembra una storia immorale.»

Il vento allora ricominciò per la terza volta. Si sentiva

nella sua voce una netta eccitazione; Matteo comprendeva come queste sue ripetute amnesie minacciassero l'esito della festa.

«Dirò allora la storia di Dosso, – il bambino che non aveva paura. – Tutte le bestie lo temevano – avrebbero voluto che morisse. – E alla notte quando lui dormiva, – si radunavano attorno alla sua casa – e urlavano tutte fino all'alba, – con l'intenzione di terrorizzarlo. – Dosso si svegliava inferocito – e si metteva a sparare con un suo schioppetto. – Una notte uccideva una volpe, – un'altra notte una faina – oppure cani, marmotte o ricci. – Ma le bestie ogni sera tornavano, – le bestie così gli dicevano: – "Se hai coraggio, va' ad aprire la grotta grigia – dove sta chiuso il bisonte." – E Dosso un mattino andò alla grotta grigia – e aprì con fatica la porta di ferro. – Il bisonte non venne fuori – ma soltanto emise un muggito – uno spaventoso muggito – che fece diventar sordo il bambino. – Allora...» E qui Matteo s'interruppe ancora: «Neanche questa non mi riesce... le ho proprio dimenticate tutte...».

Ma in quel momento, dal limite della radura, si alzò una voce piccola e squillante, una voce da bambino:

«Sì! io me la ricordo! l'ho trovata su un vecchio quaderno» e continuò la storia di Matteo, cantando la melodia giusta:

«Allora Dosso sentì una grande paura – e fuggì tremando fino alla sua casa. – Da quel tempo non fu più veduto correre con lo schioppetto per i prati e le foreste – ma restava seduto davanti alla casa. – Le bestie non capivano che cosa avesse – ma vedevano che era molto cambiato. – Non vennero più a tormentarlo di notte – anzi evitavano di fare rumori – per timore di svegliarlo. – Esse ignoravano che Dosso non udiva più nulla. – Persino un gallo che immancabilmente sbagliava tempo – e soleva cantare quattro ore prima dell'alba – anche lui adesso taceva – per non disturbare il ragazzo nel sonno!»

Era un bambino che cantava. Il colonnello, che gli era abbastanza vicino, lo osservò attentamente, ma non riuscì a vederlo bene a causa della fitta ombra.

Appena il ragazzo si era fatto vivo, continuando la canzone interrotta, il vento Matteo si era subito ripreso, ed aveva unito la sua voce a quella del bambino. I due cantavano in sincronismo, come se avessero già fatte moltissime prove. Ripresa sicurezza, Matteo estraeva dal bosco perfette sonorità, come faceva vent'anni prima. Le cime degli abeti dondolavano da una parte e dall'altra, secondo il ritmo della canzone.

Alla fine il ragazzo avanzò due tre passi entrando nella luce di luna. Il colonnello riconobbe Benvenuto.

Senza esitazione il Procolo gli si fece incontro: «Chi ti ha dato il permesso» gridò «di uscire dal collegio di notte?».

Terrorizzato dall'apparizione dello zio, Benvenuto, alle prime parole, fece dietrofront e fuggì per il bosco insieme con tre o quattro compagni che fino allora erano rimasti seduti nell'ombra.

Allontanati che furono i ragazzi, e spentasi con gran fatica, nei profondi recessi del bosco, l'eco delle sue parole, il Procolo si fece verso il centro della radura ordinando ad alta voce: «Avanti pure! Ricominciate. Questa musica non era cattiva».

Il canto di Matteo però si era spento di colpo, lasciando posto a un silenzio greve. Il Procolo si accorse che, senza far rumore, i genî si allontanavano rapidamente. Uno di essi, con un grosso barile, si avanzò nella spianata, e battendo con le nocche delle dita sulle doghe, chiamò a raccolta i fuochi fatui che ad uno ad uno si abbassarono fino a terra, scivolando dentro il recipiente. Quando li ebbe raccolti tutti, anche lui si internò nella selva.

Il Procolo tuttavia avvistò un ultimo genio che si era attardato al limite della radura.

«Che cos'è questa storia?» gridò. «Avete interrotto la

festa perché i ragazzi se ne sono andati? Ci sono ancora io, mi pare.»

Il genio si fece incontro al colonnello. Era il Bernardi.

«Non posso farci niente» egli rispose. «Matteo, a quanto pare, se ne è andato. E poi i miei compagni, lo confesso, hanno avuto sempre una propensione per i bambini.»

«Anche voi siete uguali agli uomini» disse il colonnello con tono amaro. «Fin che si è piccoli, non ci sono attenzioni che bastino; quando poi si è diventati grandi, si è faticato e si è stanchi, non c'è un cane che ci guardi.»

«La questione è forse un'altra» ribatté il Bernardi lentamente. «A una certa età tutti voi, uomini, cambiate. Non rimane più niente di quello che eravate da piccoli. Diventate irriconoscibili. Anche tu colonnello, un giorno, dovevi essere diverso...»

I due rimasero così l'uno di fronte all'altro per qualche istante, senza dire una parola. Poi il Bernardi salutò, avviandosi lentamente verso il fitto della foresta, ch'era ormai tutta solitudine e silenzio.

Finalmente anche il colonnello si mosse, facendo traballare e cigolare un po' la lanterna spenta. Fece sei o sette passi, quindi si arrestò, voltandosi di scatto indietro: aveva avuto l'impressione che qualcuno lo seguisse.

Guardò, ma non c'era nessuno. Tutto era immobile e quieto, sotto la luce di luna. Egli allora però si accorse di lasciare dietro a sé un'ombra lunghissima e nera, assolutamente spropositata. Il fatto che la luna stesse tramontando e i suoi raggi fossero molto obliqui non bastava a spiegare quell'eccezionale lunghezza.

Il colonnello fece qualche altro passo, poi si voltò nuovamente: «Che cosa vuoi da me, ombra maledetta?» domandò con voce rabbiosa.

«Niente» rispose l'ombra.

13

Vagano sovente, per le vallate deserte, desideri funesti, di origine sconosciuta. Essi prosperano nella solitudine, infiltrandosi nel fondo del cuore: per esserne infestati basta solo talora aver contemplato a lungo le foreste nei giorni di tramontana, o aver visto nuvole a forma di cono, o esser passati per certi inesplicabili sentieri obliquanti verso nord-ovest. Così accadde al colonnello Procolo: nacque una sera in lui un'idea che andò ampliandosi a poco a poco: il desiderio che Benvenuto morisse.

Fin dai primi sopraluoghi al suo bosco, il Procolo si era persuaso che il Morro era stato ben ingiusto lasciando a Benvenuto la parte maggiore e migliore della foresta. Le difficoltà creategli dal Bosco Vecchio e la storia dei genî gli avevano poi messo addosso un tristissimo umore. Del nipote, ch'egli aveva visto sei o sette volte in tutto (compreso l'incontro durante la festa nel bosco) e che aveva giudicato una meschina creatura, poco in verità gliene importava. Cominciò a considerarlo un peso, lentamente imparò ad odiarlo, sperò alla fine che il ragazzo potesse sparire, e di rimanere lui padrone di tutto.

Nessuno certo, eccetto forse il vento Matteo, poté accorgersi dei solitari pensieri che maturavano nella mente del Procolo, nutriti dai mali incanti della selva.

Ma coloro che lo accostavano in quei tempi avvertivano nei suoi sguardi una luce insidiosa, sentivano nelle sue parole una strana risonanza; inconsciamente cercavano di affrettare il colloquio, come se avessero potuto aspettarsi da lui qualcosa di spiacevole.

L'insano pensiero del colonnello finalmente uscì a galla. E una creatura di massima fede, che pur non possiamo nominare, udì, il mattino del 23 giugno, il seguente colloquio tra il Procolo e il vento Matteo, svoltosi dinanzi alla casa.

«Questa notte ho sognato» disse il colonnello «che Benvenuto era morto.»

«Non è poi un sogno tanto assurdo» notò il vento. «Benvenuto è piuttosto malaticcio.»

«Ho sognato che Benvenuto era morto» continuò il Procolo «ed io ero diventato padrone di tutto il suo bosco.»

Il vento non disse niente.

«Ero diventato padrone di tutto il bosco» ripeté ancora il colonnello dopo una pausa.

«Faresti meglio a parlar chiaramente» fece allora Matteo «tu vorresti che lo facessi morire?»

Il colonnello non rispose.

«Se non è che questo» soggiunse il vento «non avrò da fare molta fatica. Servirà anzi a tenermi in esercizio. Una buona raffica al momento opportuno, non è vero, colonnello? Nessuno sospetterà mai nulla.»

«Sì» disse il Procolo «tu mi hai giurato obbedienza.»

14

Il collegio dove stava Benvenuto sorgeva circa otto chilometri sopra Fondo, lungo una strada. Poco lontano, a monte, cominciavano i boschi di conifere. Ma bisognava procedere ancora circa un chilometro prima di arrivare al Bosco Vecchio.

Il 24 giugno Benvenuto, in un'ora di libertà, stava salendo verso il bosco per motivi che non sappiamo, verso le due del pomeriggio, quando il vento Matteo l'assalì.

Il ragazzo si sentì di colpo venire addosso una forza sconosciuta. Cadde di fianco nel prato. Poi si rialzò, spaventatissimo, e si mise a correre ansimando verso il collegio.

Avrebbe chiamato in aiuto qualche compagno se troppo spesso non fosse stato sbeffeggiato per la sua debolezza fisica; anche questa volta l'avrebbero svergognato.

Voleva raggiungere il collegio ma non ci riusciva; Matteo lo spingeva da un lato, facendolo deviare. Non capiva bene cosa gli stesse succedendo, ma continuava a correre con disperazione.

Ben presto Benvenuto si allontanò lateralmente dal collegio, scese dentro un ampio avvallamento erboso, stramazzando ogni tanto a terra sotto i colpi del vento. Oramai era completamente isolato, così come aveva sperato

Matteo; una volta che non ci fosse stato nessuno a vedere, il vento avrebbe dato il colpo di grazia.

Matteo si accorse che se il ragazzo avesse raggiunto il bosco contornante, dall'altra parte, il ciglione della valletta, sarebbe occorso, per la resistenza opposta dai tronchi, uno sforzo quadruplo. Ma non pensò che Benvenuto potesse trovar riparo in un piccolo capanno abbandonato e cadente, che sorgeva in mezzo al prato.

Benvenuto, sfinito dalla terribile corsa, si precipitò dentro alla piccola baita, rantolando per la fatica. Cercò di chiudere alla meglio la porta di assi mal connesse, vi si appoggiò con tutto il corpo e finalmente cominciò a gridare, in un pianto disperato.

Al rumore che fece il vento urtando contro la capanna, Benvenuto riconobbe Matteo. Questo parve rassicurarlo un poco. Il ragazzo smise di urlare, ma ai suoi richiami «Matteo! Matteo!» quello, di fuori, non rispondeva.

La capanna di legno dondolava tutta alle raffiche. Le strisce di sole che entravano dalle fessure tremolavano sul pavimento. Tutto pareva che stesse per andare in pezzi.

Benvenuto sentì che nella voce confusa del vento c'era un'ira maligna, un gusto di fare del male.

«Capanna, tieni duro!» gridò il ragazzo. «Madonna! Madonna santa!»

«Ci vuol altro» rispose la capanna «non ci ho più le ossa di un tempo. Faccio quello che posso anch'io. Ma non credo che potrò resistere molto.»

Tremando dal terrore, Benvenuto stava premuto contro la porta, aspettando che Matteo desse il colpo finale. Anche lui aveva sentito raccontare la storia della diga, le terribili ire di Matteo e le sue distruzioni.

A un certo punto il fischio del vento cessò.

«Adesso va a prendere la rincorsa!» fece scricchiolando il tetto della capanna. «Adesso è finita sul serio.»

Seguì un silenzio grandissimo. Benvenuto singhiozzava tutto, con dei gemiti senza risonanza.

Poi si udì un mugolìo lontano, come di un gruppo di calabroni. Il mugolìo si avvicinò, sempre più forte, finché Matteo piombò sulla capanna.

Ma la capanna non andò in frantumi. Le assi scricchiolarono dolorosamente, come certo non era mai loro accaduto, ma rimasero attaccate l'una all'altra.

Lame di vento irruppero dalle fessure, specialmente attraverso la porta, eppure anche questa tenne duro. Sì, quella sgangherata baracca non cedette al vento Matteo. Ogni pezzo era lì lì per andare all'aria, il tetto si era quasi gonfiato, alcune assi vibravano come fogli di carta ma insomma, con un po' di coraggio, il capanno si difendeva.

Matteo fu invaso dal furore. «Adesso ti fracasso io, baracca della malora!» sibilò distintamente «te e quel disgraziato che c'è dentro.»

Prese ancora la rincorsa, passarono ancora eterni momenti d'attesa, si udì di nuovo il mugolìo avvicinarsi, il mugolìo si trasformò in fischio, la capanna scricchiolò come prima, si contorse tutta nello spasimo, Benvenuto mandò un grido fioco implorante, ma le pareti restarono ancora in piedi.

Tre volte, quattro volte, Matteo si accanì contro la capanna, senza riuscire a schiantarla. Alla quinta già l'impeto del vento parve attenuato. Alla sesta si sentì nettamente che Matteo aveva esaurito le sue risorse.

«Taci, che sono salvo» disse pian piano il ragazzo, che stava riprendendo coraggio.

«Non conosci Matteo, si vede» brontolò la capanna. «Ha sbattuto giù una diga come fosse di cartone, e vuoi che io gli resista? Fa così per farci penare. È uno scherzo per lui scaraventarmi in aria. Ecco che razza di guaio mi è capitato per causa tua!»

«Siamo salvi, ti dico» ripeté pieno di speranza il ragazzo. «Non lo senti? È oramai stanco morto.»

I colpi del vento infatti si facevano di volta in volta meno rudi e più brevi. Gli scricchiolii delle assi erano meno profondi. Dopo circa quindici minuti i raggi del sole che entravano dalle fessure non danzavano più sul pavimento. Si udiva ancora la voce rabbiosa di Matteo, ma era ormai svuotata di forza.

«Comincio a credere che tu abbia ragione» disse la capanna. «Anche questa se Dio vuole è passata. Non è più il Matteo di una volta, ecco la questione. È rimasto imprigionato per vent'anni, ho sentito dire. Dev'essere questo il motivo. Non si resta impunemente chiusi per tanto tempo...»

Ma Benvenuto non stette più a sentire le chiacchiere della capanna. Rinfrancato, aprì la porta e si avanzò per il prato sotto il sole.

«Matteo!» gridò «rispondi!»

Il vento non gli rispose. All'apparire del ragazzo sulla soglia, Matteo, avvelenato dall'insuccesso, se ne era fuggito via imprecando.

15

Non fu quella la maggiore amarezza di Matteo in quei giorni. La sera dopo, scivolando lungo la Valle di Fondo, egli incontrò un altro vento di notevolissima portata.

«Cosa fai tu qui?» chiese Matteo in tono villano.

«Sono il vento della valle, se permetti» fece l'altro «mi chiamo Evaristo.»

Dopo la liberazione dalla caverna, Matteo non aveva infatti ancora appreso di essere stato sostituito, in quei vent'anni, nella Valle di Fondo, da un altro vento. Nessuno, neppure le pietre, aveva osato dirgli la verità, per paura della sua ira. Così lo venne a sapere dallo stesso suo rivale.

Conviene notare che di Evaristo tutta la popolazione era in complesso abbastanza soddisfatta. Non che fosse l'ideale neppure lui. Ma in quei vent'anni non aveva mai fatto gran rovine e, per quanto un po' pigro, rispondeva quasi sempre agli appelli quando i valligiani, disperati per la siccità, organizzavano processioni propiziatrici. Evaristo allora usciva dall'abituale letargo, e radunava, senza badar gran che alla qualità, un numero di nubi sufficiente ad abbeverare i prati riarsi.

Al ritorno di Matteo, com'è ben comprensibile, Evaristo non si mostrò affatto disposto a cedergli il posto ormai occupato con tanto decoro, se non gloria, per tanti anni.

Quel giorno, all'ingiunzione di andarsene da parte di Matteo, rispose di non desiderare le ingiustizie: la questione a chi dovesse spettare la signoria della valle doveva essere decisa con ponderatezza: si facesse una prova: il più forte avrebbe avuto ragione.

Matteo afferrò benissimo lo scherno che nascondeva quella proposta: anche Evaristo pensava ch'egli non fosse più il Matteo d'una volta, seminatore di spavento. Perdute le staffe, egli uscì in invettive e minacce di una volgarità inconsueta.

«Ti sei dimenticato molte cose» fischiava Matteo. «Te le farò ricordare. Domani stesso, a quest'ora,[1] io farò in questa valle un temporale come nessuno ha mai visto. Impediscimelo, se puoi.»

«Tu non pensi come gli anni passano» rispose Evaristo che non aveva perso la calma. «Faresti meglio ad adattarti, adesso hai ancora un certo nome, un rimasuglio di vecchia gloria, domani potresti perdere anche questo. C'è un destino che è uguale per tutti: per qualcuno il tempo passa più presto, per altri cammina adagio, ma in fondo è sempre lo stesso. Bada, Matteo, a quello che fai, potrei dirti delle cose crudeli. Rassegnati fin che sei in tempo!»

Ma Matteo se n'andò con un coro di maledizioni. La sfida era ormai stabilita.

Misteriosi messaggi, che sfuggono alla conoscenza umana, diffusero come un lampo la notizia per tutta la valle. E il pomeriggio del 26 giugno 1925, l'intera popolazione, sprangate accuratamente le case, salì al culmine dei monti circostanti per assistere alla lotta. Il fondo della valle dove si temeva che l'uragano si sarebbe scatenato rimase pres-

---

[1] Erano circa le 5 del pomeriggio.

soché deserto. Vecchi infermi si fecero trasportare in letti-
ga sui migliori punti panoramici. Anche le bestie, da chi
ne ebbe la possibilità, vennero condotte in baite fuori di
mano e ben riparate.

Furono visti gatti randagi abbandonare le case di Fondo e inerpicarsi su per i pendii più ripidi. Anche le lepri,
gli scoiattoli, qualcuno dice anche le talpe, ripararono sui
monti. Il fondovalle rimase completamente deserto e silenzioso; non si udiva la voce di un solo uccello. Unico
tra tutti il campanaro aveva voluto rimanere al suo posto, per far sentire, in caso di grave minaccia, i rimbombi
della campana maggiore.

Il profilo delle montagne, dove non era coperto da bosco,
formicolava di figure umane. Si sarebbe detta una grandiosa
sagra se ci fosse stata nella gente maggiore letizia. Tutti invece sentivano una maledetta paura. All'episodio di Benvenuto, da chi lo conosceva, non veniva dato gran peso;
si pensava invece alle rovinose furie di Matteo, alla diga
fatta crollare, a quell'albero spaccato in due pezzi, a quel
ponte sfasciato, a quelle mucche scaraventate nel burrone.

Della forza di Evaristo, sia pure dopo vent'anni, non si
sapeva gran che. Ma sembrava troppo flemmatico, troppo amante della vita tranquilla. Che affidamento poteva
dare un vento che ventitré ore su ventiquattro se ne stava ingrumato tra le mura di un'antica chiesa in rovina?

Evaristo infatti soleva soggiornare entro ad un antichissimo tempio gotico, di grandiose proporzioni, detto San
Gregorio delle lucertole, per la straordinaria abbondanza
di tali bestiole tra quelle mura. Sorgeva in una località iso-
lata a circa 300 metri sopra Fondo, in mezzo ai boschi. Una
parte del tetto reggeva ancora e la struttura fondamenta-
le si manteneva solidissima. Veramente inspiegabile il fatto che gli studiosi di storia e d'arte non si siano assolutamente mai occupati di quell'originalissimo monumento,
di pregevole architettura e ricco certo di vicende curiose.

La giornata si era mantenuta limpida e fresca, nonostante la stagione piuttosto avanzata. Tre o quattro piccolissime nubi isolate avevano fatto il consueto tragitto sopra la valle provenienti da nord-ovest ed erano scomparse ad una ad una dietro le verdi cime. Solo verso le 16 l'atmosfera cominciò leggermente ad agitarsi; evidentemente Evaristo si aggirava nervosamente in attesa del nemico.

I vecchi della valle, quelli che se n'intendevano, notarono come le circostanze fortunatamente fossero sfavorevoli a Matteo. Data la grande serenità dell'atmosfera, il vento avrebbe dovuto andare a prendere le nubi molto lontano e non avrebbe potuto più arrivare fresco sul campo della sfida.

Alle 16,30 infatti Matteo non aveva ancora trovato una nube. Correva, con angosciosa inquietudine, lungo le catene delle montagne, mantenendosi a grande altezza per avere una visuale più larga. Ma da tutte le parti l'orizzonte era rigorosamente sereno.

Stava per far ritorno, maledicendo il destino, quando la sua voce rabbiosa fu udita da un potentissimo vento transcontinentale, di smisurata potenza, che navigava ad altissima quota. Era un celebre vento-pirata che aveva avuto sempre simpatia per Matteo. Si fece spiegare la faccenda e, benché avesse fretta, volle aiutare il più debole amico. Allontanatosi a velocità di lampo, dopo qualche minuto fu di ritorno trasportando un ciclopico castello di nubi che campeggiò ben presto nel cielo; erano nubi sode e compatte, di meravigliosa fattura. Ce n'era, per Matteo, in sovrabbondanza.

Come vide che Matteo era nervosissimo e già un po' sfibrato per l'affannosa ricerca, il vento transcontinentale lo volle agevolare sospingendogli le nubi fino all'imbocco della Valle di Fondo. Matteo lo seguiva nella scia, raccogliendo, benché fosse superfluo, i brandelli di nuvole che inevitabilmente restavano seminati per la strada.

Con tutto ciò, Matteo arrivò in ritardo. Già molti pensavano che il famoso vento non sarebbe più venuto, alcuni fischiettando stavano già per ridiscendere verso il paese ed Evaristo (questo pochi lo seppero) già si sentiva moralmente sollevato, quando alle 17,15 circa si profilò verso sud la testa argentea del nuvolone.

Grazie alla potentissima spinta impressa dal suo protettore, Matteo poté senza difficoltà far giungere l'ammasso di nubi, in pochi minuti, fin quasi in cima alla valle. La manovra riuscì molto rapida ma assai disordinata. Sparpagliati in fretta e furia, i nembi persero di compattezza. La valle piombò in un'ombra funerea ma qua e là nel cielo rimanevano degli squarci da cui ancora pioveva dentro il sole. Fin che le nuvole fossero rimaste così mal ripartite, era impossibile che il temporale avvenisse.

L'effetto ad ogni modo fu impressionante. Gli uomini rimasero senza fiato, le donne caddero in ginocchio segnandosi e dal paese cominciò a spandersi la voce del campanone.

Evaristo tuttavia non perse la calma. Affrontare di petto e ricacciare fuori dalla valle quella caterva di nubi sarebbe stato impossibile anche per un vento più forte di lui. Egli capì che si trattava di minuti. Se Matteo fosse riuscito a radunare di nuovo i nembi, la battaglia sarebbe stata perduta.

Con prontezza ma senza precipitazione, Evaristo cercò allora di accrescere il disordine, di allargare i varchi ancora aperti e di corrodere contemporaneamente il corpo dei nuvoloni più neri, correndoci intorno e smangiandoli a poco a poco. Era quella l'ultima speranza.

Evaristo, che già si era considerato perduto all'irrompere di quella paurosa massa di nembi, ritrovò ben presto fiducia, accorgendosi che Matteo non gli opponeva resistenza.

Crepitavano a destra e sinistra laceranti tuoni, ma la compagine di nubi si andava progressivamente sfaldando. Alte grida di incoraggiamento partivano dalla folla raccolta sui monti.

Su di un rocco espostissimo era salito Simone Divari, il guardiano della diga in Valle O che con le sue parole aveva tanti anni prima suscitato le ire di Matteo. Nel crollo egli era rimasto gravemente ferito ed ora doveva camminare con le stampelle.

La lotta tra i due venti lo aveva terribilmente eccitato:

«Sei ritornato, eh?» gridava agitando i pugni «vento infernale! Se Dio vuole, è venuta anche per te la tua ora. Mi pareva bene fin dal primo momento che le cose fossero un po' cambiate. Vecchio maledetto, adesso te n'accorgi. Oggi te lo posso dire senza pericolo quello che sei, carogna, oggi che non vali più niente.»

Sì, tra i sibili e i tuoni, nel colmo della lotta furente, Matteo udì quella voce di scherno. Piegò senza accorgersene da quella parte, cercò di distinguere, tra le centinaia di uomini che formicolavano sui prati, il nemico.

Egli perse così attimi preziosi. Senza pause invece Evaristo soffiava in mezzo alle nubi, sfaldandole ad una ad una. Le macchie di sole sulle pendici dei monti diventavano sempre più larghe. I nembi avevano perso quel bel colore nero pece e si attorcigliavano dissanguati. Gli uomini urlavano di gioia. Dalla cima di un colle giunsero gli spensierati clangori di una banda.

L'esercito venne a poco a poco distrutto. Stremato di forze, Matteo ancora si accaniva ma tutto gli sfuggiva inesorabilmente. I suoi attacchi furiosi si dissolvevano contro la metodicità di Evaristo. Alla presenza di migliaia di persone che ormai lo sbeffeggiavano con acutissimi sibili, Matteo si ostinava nell'inutile lotta, pur sentendosi rapidamente finire.

Già cominciava il tramonto quando dell'immensa armata di nubi non rimaneva più che una piccola nuvoletta, che guardata dal basso non era più grande di una noce:

una piccola nube arancione, a circa ottocento metri d'altezza, ridicolmente sola nel vasto cielo puro e profondo.

Matteo vi si aggrappò in un supremo sforzo per non lasciarsela strappare. La vittoria era ormai perduta, ma quell'ultima sua riserva non doveva essergli portata via. Vi girava attorno come un turbine, aspettando l'ultimo attacco di Evaristo.

Allora successe un fatto impreveduto. Sebbene fosse ancora ben chiaro, si vide distintamente guizzare fuori dalla piccola nube un magnifico lampo; il tuono fece un sinistro schianto.

La folgore, dopo tre zig zag, precipitò a picco sul tetto della antica chiesa, la scosse con terribile forza, la fece crollare tutta insieme, in un giallo polverìo di rovine. E il cielo rimase sgombro e sereno.

La perdita del vecchio tempio non afflisse per nulla i valligiani, esultanti per la sconfitta di Matteo; essi trovarono anzi comicissimo quel finale a sorpresa. Scoppiò un'immensa risata che si propagò di monte in monte, e si allargò per tutta la valle, mentre gli uccelli ricominciavano i canti per salutare il sole che se n'andava.

16

Dove finisce il Bosco Vecchio (dietro il Corno, che segna la sommità della cresta) il monte sprofonda bruscamente con dirupati valloncelli di terra rossa in rovina. È la Valle Secca, che sbocca in quella di Fondo sei chilometri sopra il paese. L'acqua ha eroso fondi burroni tristi, di tanto in tanto senza apparenti ragioni crollano giù dei sassi, seguiti da lunghe frane di ghiaia che muoiono a poco a poco. Di giorno e di notte il silenzio è interrotto da questi sinistri fruscii.

In cima alla bastionata crollante spicca la corona degli abeti perimetrali del Bosco Vecchio. Qualche volta la estrema cornice si disgrega e trascina giù un albero che marcirà lentamente in fondo a un canalone. Sarebbe troppo difficile tra quei fragili dirupi tentare il recupero del tronco e non ne varrebbe la pena.

Lassù nella Valle Secca si rifugiò quella sera Matteo per rimanere completamente solo. Al suo passaggio, dalle rosse pareti cominciarono a calar giù piccole frane, lentissime ad estinguersi, pazienti come la sabbia nelle clessidre.

Matteo se ne andava mugolando, lontano da ogni essere vivente, per consumare la sua vergogna. Non più, come nelle selve, veniva fuori un armonioso impasto di suoni, ma era un opaco lamento, attraversato dai bisbigli delle ghiaie cadenti.

Non era quello in verità un posto adatto per piangere un regno perduto. Le tenebre salivano già dal fondo dei morti valloni. Matteo logorava le terre rosse che si sfaldavano con rassegnazione, mormorando incomprensibili frasi.

Un verdone ritardatario che non aveva raggiunto ancora il nido, passando sopra la valle, udì dei grandi lamenti e si fermò qualche minuto a roteare nell'aria per vedere che cosa fosse. Ma le terre rosse erano come sempre deserte. Allora l'uccello capì che si trattava di Matteo e se ne andò via soddisfatto.

L'unico testimonio, un piccolo ragno rosso che non fu possibile classificare, raccontò poi che Matteo non cantò mai così bene come quella notte. Il ragno, bisogna dire, aveva in fatto di musica dei gusti tutti particolari, ma era ritenuto dai più un buon competente.

«Non avevo mai sentito Matteo così ispirato» diceva. «Di solito, quando cantava nel bosco, siamo sinceri, si udivano spesso degli effettacci. I popolani ne andavan matti, non c'è che dire, ma non era musica quella. È inutile, per essere veri artisti, bisogna essere di malumore. E Matteo prima era troppo soddisfatto, sempre contentone e sicuro di sé. Solo quel giorno, dopo la battaglia perduta, l'ho trovato veramente grande. Là non c'erano frascami d'albero per fare le mezze tinte e i sospiri; quelle vallette di terra, dal lato acustico, sono disgraziatissime. Se non è musica autentica, non salta fuori un bel niente, i trucchi non sono permessi. Eppure Matteo fece cose bellissime, canzoni fino al mattino, accompagnate solo dal borbottìo delle frane, non c'ero che io ad ascoltarlo, era proprio disperato. No, io non ho pianto, per un ragno sarebbe ridicolo, ma qualsiasi altro, ve lo garantisco, qualsiasi altro...»

17

Solo al mattino dopo Matteo andò dal colonnello. Quel giorno pioveva e Sebastiano Procolo era nello studio a guardare delle vecchie carte. La finestra era spalancata.

Il colonnello non si voltò neppure quando sentì arrivare il vento. Mise un peso sulle carte perché non volassero via e disse:

«Credevo che tu fossi un vento guerriero. Mi arrivi invece carico di profumi come uno zefiro da poeti. Non c'è che dire, ti sei raffinato.»

«Succede così» l'interruppe Matteo «nei giorni di pioggia. I profumi dei boschi mi si attaccano addosso e non riesco a sbarazzarmene.» Poi tacque. Seguì un silenzio.

«Bell'affare ho combinato» riprese dopo un po' il colonnello «bell'affare ho combinato a liberarti... Distruggerò a tuo piacimento i nemici, dicevi, farò venire la tempesta o il sereno secondo i tuoi rispettivi desideri... Dovresti vergognarti, con quella spavalderia, un vento sfiatato come te.»

«Non dir così, colonnello» fece con risentimento Matteo. «È stata la prigionia a rovinarmi. Proprio Evaristo, quella specie di ragioniere, sarebbe stato capace di cacciarmi!... Sono indebolito, ecco tutto. Si fa presto a dire, vent'anni restar chiusi là dentro, un altro ci avrebbe rimesso la vita. Ho bisogno di un po' di tempo, questo sì. Ma in due tre mesi voglio vedere se Matteo non torna quello di prima.»

«Mi ricordo di un mio conoscente» notò Sebastiano Procolo «un mio conoscente grassatore che fu condannato a nove anni. Quando uscì dal carcere, si capisce, era pieno di speranze. Sembro invecchiato, diceva, ma aspetta sei o sette mesi, se non ritorno quello di prima. Come te, identico, parlava. Tutto inutile, caro mio. La carica era ormai finita. Anche negli ultimi tempi, lo incontravo spesso. Ancora un po' di riposo, diceva, e poi sarò rimesso a nuovo. Invece di giorno in giorno era peggio.»

«Questo va bene per gli uomini» obbiettò Matteo «per noi venti è tutta un'altra cosa. Del resto ti farò vedere...»

«Benvenuto, persino, ti ha sbeffeggiato...»

«Oh, per questo, colonnello, puoi star tranquillo. Quella faccenda verrà regolata. Giorno più, giorno meno, in fondo per te è lo stesso... aspetta che mi sia un po' rimesso...»

«Giorno più, giorno meno, purché non divengano degli anni... Del resto se tu non sei capace, provvederò io da solo. Vedrai che bellissimo scherzo. Adesso viene qui per le vacanze, dovrebbe anzi arrivare oggi...»

Proprio in quel momento, come avviene in certe vecchie storie, si aprì la porta dello studio e comparve Benvenuto, che teneva una valigia in mano.

«Eccolo» fece il colonnello, voltando solo la testa. Ci fu un lungo silenzio, si udivano solo il fruscìo di Matteo nel vano della finestra e qualche uccello lontano che cantava sotto la pioggia.

«Eccolo» riprese il colonnello. «Guarda com'è pallido e magro, eppure di notte scappa dal collegio per andare nel bosco...»

«Con chi parli?» domandò Benvenuto.

«Con Matteo, il vento Matteo, tu lo devi conoscere bene, hai avuto paura, non è vero, l'altro giorno?»

«No che non ho avuto...»

«Non mentire» lo interruppe il Procolo «e ora ricordati due cose. Che noi, Procolo, non abbiamo mentito mai e nessuno di noi ha conosciuto la paura. Ma, già, tu hai un sangue diverso. Non hai niente della mia razza.»

Benvenuto ascoltava in piedi, guardando fisso il colonnello. Aveva un'espressione seria.

«Starai qui da me per le vacanze» continuò Sebastiano Procolo. «Vettore ti porterà nella tua stanza. Se hai bisogno di qualcosa dillo a lui. E ricordati che devi studiare, al collegio non ti sei mostrato un'aquila. Sono io che ho la responsabilità dei tuoi studi.»

Poi arrivò Vettore che prese la valigia di Benvenuto, lo condusse nella stanza e si mise a chiacchierare con benevolenza.

Il colonnello e il vento rimasero qualche minuto ancora insieme.

«Hai visto?» domandò il Procolo.

«Sì, ho visto» rispose Matteo, e se n'andò lentamente, attraversando la radura. La pioggia era finita e da uno squarcio delle nubi veniva un raggio di sole.

Due vecchie lucertole si appostarono subito sopra un macigno, per lucrare quel poco di sole. Matteo passò su di loro.

«Ehi, Carlo» fece una voltando la testa verso la compagna «non ti pare Matteo questo qui che passa?»

Anche l'altra voltò la testa.

«Matteo? Non farmi ridere, è una lieve brezza questa, non senti come è senza corpo? Aveva una voce quello là...»

Matteo si accorse vagamente che c'era qualcuno che parlava di lui. Scese un po' di quota, e si mise a perlustrare il prato con sospetto, proprio attorno al macigno.

Le due lucertole raddrizzarono svelte la testa. Rimasero immobili immobili, facendo finta di niente.

Matteo aspettò alcuni minuti, cercando chi potesse aver parlato. Erano voci sottili, di qualche piccola bestiola. Osservò le due lucertole, ma come le vide così ferme, che sembravano intorpidite, si tranquillizzò e riprese il cammino.

18

Quella sera, entrato nel suo nuovo letto, Benvenuto aveva già spento la luce e stava per addormentarsi quando sentì raspare sul pavimento.

Col batticuore egli accese di nuovo la lampada e vide un grosso topo che avanzava zoppicando della zampa sinistra posteriore.

«Cosa si fa adesso?» chiese il topo con voce sottile e nasale. «Chi ha occupato il mio posto?»

Benvenuto trasecolato non rispose. La bestia, che pur si dava una grande importanza, fu costretta a dargli delle spiegazioni. Era il più vecchio topo della casa, il capo della comunità; il colonnello Procolo, disse, era suo amico e proprio con il suo permesso egli veniva a dormire dentro al materasso di quel letto tutte le notti di temporale. L'elettricità diffusa nell'aria gli dava un gran malessere e solo in quel nascondiglio riusciva ad avere pace.

«Ma non c'è mica temporale, stanotte» notò Benvenuto.

«Non c'è ora, ma tra breve verrà. Non mi sbaglio io col tempo» ribatté il topo. «Del resto, se proprio non vuoi smuoverti dal letto, ti concedo di rimanere. Posso entrare nel materasso lo stesso. Soltanto tirati un po' da parte, in modo da non schiacciarmi.»

Benvenuto, imbarazzatissimo, si tirò da una parte ed il

topo, attraverso un buco evidentemente di vecchia data, entrò nel materasso, facendo un gran fracasso tra le foglie di granoturco che lo riempivano.

Due tre volte Benvenuto si addormentò ma poco dopo l'acuto scricchiolìo delle foglie lo ridestava.

«Da qualche giorno soffro di insonnia» disse il topo «e poi non sono abituato a dormire così stretto, ho sempre avuto il materasso a mia completa disposizione.»

«Ma fa temporale ogni notte, qui?»

«Quasi ogni notte» rispose il topo «in ogni modo c'è la possibilità che si verifichi. Ed è meglio esser previdenti.»

«E allora verrai qui tutte le notti?»

«Non so, se tu non te ne andrai, dirò al colonnello di procurarmi un altro materasso. Non si può andare avanti un pezzo così incomodi.»

«E credi che mio zio ti dirà di sì?»

«Hem, hem, anche lui in principio era seccato, minacciava persino di accopparmi. Poi gli ho fatto intendere ragione. Sai perché è morto il Morro? Perché aveva ucciso un topo, mio fratello. Porta sfortuna uccidere i topi. È rimasto molto impressionato di questo, il colonnello, te lo dico io, non c'è più pericolo che mi faccia del male.»

Il temporale non venne e Benvenuto fino all'alba non poté prender sonno per i continui scricchiolii provocati dal topo.

Solo quando cominciò a farsi chiaro, il sorcio se n'andò brontolando perché la presenza del ragazzo gli aveva impedito di dormire.

Al mattino, appena sceso da basso, Benvenuto andò dallo zio per dirgli di provvedere un altro letto per il topo.

Il colonnello rispose che non intendeva affatto favorire quella bestia; Benvenuto, notò, aveva ormai un'età sufficiente per poter sbrigarsi da solo in queste cose. Se il topo gli dava noia, lo accoppasse. Meno ce ne fosse in casa, di sorci, meglio era.

«Ma non porta sfortuna?» domandò Benvenuto.

«Vergognati di credere a queste fandonie» rispose Sebastiano Procolo. «Sembri una donnicciuola.»

Alla sera, quando si mise a letto, Benvenuto stette all'erta, con una scarpa in mano, pronto a colpire il topo se fosse ricomparso. Aveva lasciato le persiane aperte perché un po' di luminosità entrasse nella stanza e gli permettesse di scorgere la bestia. Pochi minuti dopo s'udì infatti avvicinare un minuscolo scalpiccìo. Poi ricomparve una macchia scura sul chiaro pavimento in legno d'abete.

«Ancora qui!» sbuffava il topo, riferendosi evidentemente alla presenza del ragazzo nel letto. «È una bella schiavitù questa!»

Con tutta la sua forza Benvenuto lanciò la scarpa. Si udì un colpo ovattato, segno che il tiro era stato ben diretto. Ma il topo non rimase ucciso. Con delle acute grida si ritirò, trascinandosi lentamente.

«Canaglia» gridava «te ne pentirai un giorno! Mi hai fracassato una gamba. Sta' pur sicuro che non te la perdono.»

Il topo scomparve poco dopo in un angolo buio e si fece completo silenzio.

65

19

Eccoci al famoso episodio avvenuto ai primi del luglio 1925: Sebastiano portò con sé il ragazzo nel bosco con l'intento di abbandonarlo, affinché vi morisse.

Aveva ordinato a Matteo di non avvicinare assolutamente il bambino; al Bernardi di far sospendere la raccolta di legna nella foresta; tutti i genî dovevano star chiusi nelle loro piante e non dar segni di vita. Benvenuto non avrebbe così potuto essere aiutato da nessuno.

Disse al ragazzo di dover andare a fare una misurazione nel Bosco Vecchio e lo invitò a venire anche lui. Benvenuto avrebbe preferito trovarsi, come faceva ogni giorno, con i compagni di collegio, ma non ebbe il coraggio di rifiutare.

Il colonnello si fece preparare da Vettore quattro panini imbottiti e prese con sé una borraccia piena d'acqua, un binocolo da artiglieria e una bussola tascabile. Attraversata la radura, camminò a lunghi e veloci passi su per il bosco, e Benvenuto stentava a seguirlo.

Al limite del Bosco Vecchio trovarono dei grandi mucchi di legna secca, accatastata con grande cura. I genî svolgevano quotidianamente il servizio pattuito e un commerciante di Fondo, con cui Procolo aveva fatto un contratto, mandava giornalmente a prelevare la legna per mezzo di un piccolo autocarro.

Si inoltrarono nel Bosco Vecchio, puntando verso il Corno, verso la zona più selvaggia e quasi del tutto sconosciuta. I tronchi sembravano farsi sempre più neri e massicci, la penombra sempre più cupa, il canto degli uccelli sui rami sempre più alto. Era una giornata grigia con il cielo tutto coperto.

Il cammino era faticoso per il ripido pendio, per i rami secchi ammucchiati per terra, per i frequenti tronchi crollati, per l'atmosfera pesante di putrefazione, per l'ombra ostile che si addensava sempre più fitta man mano che i due salivano.

Dopo tre ore il terreno cominciò a spianarsi. Doveva essere l'altipiano dominato dal Corno del Vecchio. Ma non si poteva capire, perché gli altissimi alberi toglievano ogni visuale. Il colonnello doveva esserci già passato quella volta ch'era andato a liberare il vento Matteo. Ma non riusciva più a orientarsi.

Finalmente il Procolo incontrò una collinetta dalla cui cima si poteva dominare un piccolo tratto di bosco, a forma di conca; il Corno di là era però invisibile.

Quando fu sulla cima, il colonnello trasse di tasca un largo nastro di tela cerata diviso da tante righe rosse. Era una stadia per calcolare le distanze col binocolo.

«Lascia pendere questo nastro a piombo tenendolo per un capo» disse il Procolo a Benvenuto. «Io vado laggiù in quella piccola radura, la vedi, sul ciglione opposto, per misurare la distanza. Poi ti raggiungerò qui.»

Disse così e scese velocemente dalla collinetta lasciando il ragazzo solo. In venti minuti raggiunse il ciglione della conca e avanzò sul tratto di prato che aveva prima indicato a Benvenuto. Col cannocchiale riuscì a scorgere il nastro telemetrico ma, nell'ombra che si addensava ai piedi degli abeti, non poté distinguere il nipote.

«Oh!» gridò il colonnello come richiamo.

«Oh!» rispose dopo un po' Benvenuto.

«Ohohoh!...» fecero dopo qualche istante due o tre echi dal cuore della foresta.

Il colonnello si guardò attentamente attorno e quindi si internò nuovamente nel bosco, in direzione opposta alla collinetta dove Benvenuto aspettava. Così lo aveva abbandonato.

Risulta ch'era un pomeriggio plumbeo, senza un soffio di vento. Gli abeti avevano un colore nero.

Il Procolo non camminò molto che ebbe bisogno di cavare la bussola di tasca per orientarsi: non capiva più in che direzione andasse volgendo. Ma proprio in quel momento fece un incespicone e stramazzò in avanti per terra. Saltatagli via di mano, la bussola cadde su di un sasso spaccandosi.

Il colonnello si lasciò sfuggire una maledizione. Rialzatosi si guardò attorno insospettito, ma tutto era assolutamente tranquillo. Gli abeti stavano impassibili come colonne di granito.

Siccome poca luce scendeva dall'alto, il colonnello non riuscì a trovare l'ago calamitato che era uscito dalla scatola metallica. In quella zona nessun uccello cantava. C'era un tale silenzio che il Procolo sentì il battito del suo orologio d'oro in una tasca del panciotto.

20

Così Sebastiano Procolo si smarrì nel bosco. Certo, quando egli aveva fatto l'Accademia militare, dovevano avergli insegnato che nei boschi ci si può orientare per mezzo dei licheni che si sviluppano sul lato settentrionale dei tronchi; non c'è manuale di topografia che tralasci questa nozione. Ma evidentemente il colonnello se l'era dimenticata.

Dapprima non si diede pensiero, perché era ancora presto. Ma a poco a poco il giorno passava e la selva si faceva più densa. Il colonnello alla fine decise di seguire il pendìo, sarebbe pur arrivato in ogni modo al fondo della valle. Eppure non era così; la discesa a un certo punto si arrestava e il terreno ricominciava a salire. Gli abeti, avvicinandosi la sera, diventavano più grandi. Il colonnello era ormai stanco morto, ma continuava ostinato il cammino.

Alle ore 19 (il fatto è certo) egli si mise a chiamare Matteo; ma il vento non si fece vivo. Alle 19,30 chiamò ripetutamente il Bernardi; ma nessuno gli rispose. Erano le otto di sera quando Sebastiano Procolo gridò il nome di Benvenuto; udì una lontanissima eco rimandata da chissà dove e poi si rifece silenzio.

Il sole scese dietro la volta delle nubi, gli uccelli andarono a dormire e le tenebre della notte calarono nei recessi della foresta. Il Procolo rimase solo, in mezzo alle tetre piante, così come era rimasto solo Benvenuto. Alle 21,30 era completamente buio.

Il colonnello si sedette per terra, ai piedi di un abete. Tutto attorno gli stava la selva, l'antichissimo Bosco Vecchio, carico di una misteriosa vita. Il silenzio a poco a poco si riempì di sottili voci. Alle 22 si avvertì il suono del vento.

«Matteo! Matteo!» gridò ancora Sebastiano Procolo, rianimato dalla speranza. Ma quel vento non era Matteo e continuò a strisciare indifferente sulla cima degli alberi. E dieci, dodici echi questa volta risposero all'appello, sempre più fiochi e lontani fin che nell'aria rimase sospesa solo una fragile risonanza.

Sebastiano Procolo chinò la testa stanco. Cominciava, la veneranda foresta, a vivere una notte nuova e si ridestava dal torpore diurno. Forse nel buio i genî uscivano dai tronchi e si aggiravano per sconosciute incombenze. Forse erano raccolti in folla proprio intorno a lui, Procolo, invisibili nella fonda notte. Forse si era alzata, dietro alla cappa di nuvole, la luna. Forse le tenebre non sarebbero mai finite. Forse il sole non sarebbe mai più nato. Quel buio per sempre, poteva ben accadere anche questo.

Sebastiano Procolo non aveva neppure con sé i fiammiferi e invano cercò di leggere l'ora sul suo cronometro d'oro. Diede due colpi di tosse, non certo per farsi coraggio, ma per liberarsi un po' la gola. Quell'odore intenso di abete, quei vapori pesanti di decomposizione vegetale gli davano infatti un certo affanno.

A lui non giunse il suono del campanile di Fondo per annunciargli le ore, né la voce di Benvenuto, rimasto chissà dove, che certo stava urlando di terrore, né il rombo di lontane automobili, né alcun altro suono umano. Il colonnello restò seduto ad aspettare il nuovo giorno, e per la prima volta nella sua vita conobbe i rumori della foresta. Quella notte ce n'erano quindici. Il Procolo li contò ad uno ad uno.

1) Di tanto in tanto, vaghi boati fondi, che parevano uscire di sottoterra, quasi si preparasse un terremoto.

2) Stormire di foglie.

3) Cigolìo di rami piegati dal vento.

4) Fruscìo di foglie secche sul suolo.

5) Rumore di rami secchi, foglie e pigne che cadevano a terra.

6) Una voce remotissima di acque correnti.

7) Rumore di un uccello grande levantesi ogni tanto a volo con alto frastuono d'ali (forse un gallo cedrone).

8) Rumori di mammiferi (scoiattoli o faine o volpi o lepri) che attraversavano la foresta.

9) Ticchettìo di insetti che urtavano o camminavano sui tronchi.

10) A lunghi intervalli, il ronzìo di una grossa zanzara.

11) Il fruscìo presumibilmente di una biscia notturna.

12) Il grido di una civetta.

13) Il dolce canto dei grilli.

14) Urla e lamenti lontani di un animale sconosciuto forse assalito da gufi o lupi.

15) Squittii del tutto misteriosi.

Ma due o tre volte, quella notte, ci fu anche il vero silenzio, il solenne silenzio degli antichi boschi, non comparabile con nessun altro al mondo e che pochissimi uomini hanno udito.

21

Il colonnello finì per prendere sonno. Quando si risvegliò, la notte era sul declino. Le tenebre, benché ancora dense, denotavano chiaramente la loro stanchezza.

Il Procolo si accorse subito di uno strano bisbiglio che serpeggiava per la foresta. Sì, non era che la voce di un vento qualsiasi; ma propagava tra gli abeti uno speciale fermento. Così almeno parve al colonnello.

Poi udì il vento sconosciuto parlare tra le vette degli alberi. Da principio non era che un confuso borbottìo, in seguito si distinsero alcune frasi ed un lunghissimo brivido risalì la schiena del colonnello.

«... Sì» diceva il vento «pare che sia stato abbandonato... qui, nel bosco, un ragazzo solo... pare che sia stato abbandonato... un ragazzo trovato solo...»

O che il colonnello non capisse o che fosse realmente così, il vento continuava a ripetere la stessa cosa. Il Procolo rimase immobile, chiuso dentro alle tenebre. Però il suo respiro si era fatto affannoso: se non ci fosse stata la voce del vento, lo si sarebbe udito anche a qualche metro di distanza.

Come quel borbottìo sulle cime si spense e cominciò l'alba umida e fredda, il colonnello si riscosse e cercò di capire da che parte nascesse il sole, per orientarsi. Ma guardando in su, tra i rami, non vide che uno stretto pezzetto di cielo, lontano lontano, come dal fondo di un pozzo; quel tratto di cielo si faceva lentamente più chiaro ma era impossibile capire da che parte venisse la luce. C'era ancora, sopra la selva, un denso soffitto di nubi. Stanco, il Procolo riprese il cammino, cercando la strada per uscire dal bosco. Tra le immense piante ancora intrise di notte, avanzò nella direzione che gli sembrava opportuna, proponendosi di proseguire sempre in linea retta. Qua e là gli uccelli cominciavano a cantare e si udivano degli improvvisi fruscii come di animali in fuga.

Verso le 6 (già camminava da un'ora e mezza) il colonnello si trovò improvvisamente dinanzi a Benvenuto che, disteso a terra, dormiva. Il Procolo si fermò di botto.

Spento allora il rumore dei suoi passi, parve distendersi un grande silenzio, ma ben presto un tremito si diffuse su in alto, tra i rami, identico a prima. Era ancora il vento che parlava:

«... abbandonato nel bosco, pare che sia qua vicino... un ragazzo addormentato... naturalmente, neppure se girasse per degli anni... molti dicono che sia stato...»

In quel mentre, come se avesse avvertito nel sonno la vicinanza di qualcuno, Benvenuto si svegliò e si guardò attorno.

«Ah, sei qui?» domandò il ragazzo.

«Come vedi,» fece il colonnello dopo una pausa, con esitazione, come se fosse stato colto in flagrante. «Ma non hai sentito i miei richiami ieri sera?»

«No, non ho sentito niente.»

«Ho rotto la bussola» soggiunse il Procolo «e ho perso l'orientamento. È da quando che è chiaro che giro. Ma non è facile trovar la strada.»

«E allora?» disse Benvenuto.

«Allora a forza di provare la troveremo.»

Così si rimisero in cammino. Dopo neppure cinquecento metri il Procolo si accorse benissimo che su, tra le cime, ricominciava il pettegolezzo di prima; la voce del vento anzi pareva essersi irrobustita, tanto che la si poteva udire benissimo nonostante il rumore dei passi:

«... positivo, abbandonato nel bosco... non saprei quale giustificazione... dev'essere stato proprio lui... ma sì, abbandonato nel bosco...»

Per coprire quella voce nefasta il colonnello affrettò il passo e cominciò a discorrere rumorosamente facendo mille domande al ragazzo che lo guardava meravigliato. Tuttavia egli non poté resistere lungamente a quella marcia forzata e ad un certo punto si arrestò, ansimando. La voce del vento continuava, eppure Benvenuto non mostrava di farci caso.

«Benvenuto!» gridò allora il colonnello con un impeto terribile «ma non senti che parlano là sopra?»

Il ragazzo stette ad ascoltare e rispose di non udire niente di speciale.

«Mi sbagliavo, evidentemente» fece il colonnello rassicurato. «Quando si è stanchi capita di udire degli strani suoni.»

Poco più avanti il vento cessò di parlare. Ma questo non bastò a eliminare l'inquietudine del colonnello. E poi, come uscire da quell'inferno? Camminavano camminavano, e sempre era tutto uguale, un tronco identico all'altro, sempre la stessa luce fioca.

Ogni tanto il colonnello, fermandosi, gridava i nomi di Matteo e del Bernardi. Ma tutti e due avevano obbedito al suo ordine e non si facevano vedere. Intanto il tempo passava e la foresta pareva infinita.

Finalmente, a un nuovo appello del Procolo, rispose dall'alto una voce roca; c'era una gazza su di un altissimo ramo.

«Colonnello Procolo? Sei tu il colonnello?» domandava. Il Procolo si fermò e guardò in alto.

L'uccello ripeté la domanda ma il colonnello non rispose. Certo egli era sicuro che quella notte la gazza guardiana era caduta morta ai piedi dell'albero; non poteva essere rimasto alcun dubbio. Eppure il Procolo ebbe improvvisamente il sospetto, un pensiero più che altro istintivo, che fosse ancora lei, la gazza guardiana, quella che lui aveva ucciso, a chiamarlo dall'alto dell'abete. Per questo egli non rispose.

Fu però un pensiero breve e quando l'uccello ripeté per la terza volta la domanda, il colonnello rispose secco: «Sì, sono io, cosa succede?».

«Avevo sentito chiamare» fece la gazza «e quando t'ho visto, ho subito detto: quello lì è il famoso colonnello. Ho sentito parlare di te. Io vado a trovare mio fratello, che fa da sentinella alla tua casa. Non lo vedo da tanti anni.»

«Già» disse il colonnello leggermente imbarazzato. «Sei venuta per questo?»

«Sono venuta unicamente per questo, un bel viaggio non faccio per dire. Io e i miei parenti abitiamo in Spagna.»

Il colonnello tacque qualche istante. Poi domandò: «Tu, che sei lassù in alto, vedi la mia casa?».

«Vedo una grande casa in mezzo a un prato, ma non so se è la tua.»

«Senti una cosa» disse il colonnello «da che parte la vedi?»

«Ho capito» rispose la gazza. «Vorresti che ti indicassi la direzione?»

«Sì, la direzione, ci siamo smarriti.»

«Vedo vedo» fece la gazza. «Non è difficile perdersi qua dentro. Succede alle volte. Qualcheduno ci ha rimesso la vita: morto di fame in mezzo al bosco. Se ne trovano qua e là di scheletri, ho sentito dire.»

«Già» disse il colonnello.

«Scheletri per lo più di bambini» insistette la gazza «qualche volta ne abbandonano qui di bambini, perché muoiano di fame. Può capitare che un uomo voglia sbarazzarsi di un bambino. Il Bosco Vecchio è molto indicato.»

«Cosa intendi dire?» interruppe con tono secco il Procolo. «Cosa intendo dire?»

«Sì, che sugo avrebbero queste tue stupide storie?» domandò il colonnello che sbirciava Benvenuto. Ma il ragazzo non stava attento, morto com'era di stanchezza.

«Niente volevo dire. Son cose che mi hanno riferito. Andiamo adesso, se volete.»

La gazza prese così a saltare di albero in albero, in direzione della casa e ogni tanto si guardava indietro per vedere se i due la seguissero.

Per circa un'ora il colonnello e Benvenuto camminarono in silenzio, guardando ogni tanto in alto verso l'uccello. Poi le cupe ombre del Bosco Vecchio finirono. Era il confine dell'antica foresta. Cominciava di là il bosco minore. Il colonnello scorse subito il sentiero che conduceva alla casa.

«Basta così!» egli gridò allora alla gazza, fermandosi. «Puoi andare, oramai siamo arrivati.»

«Arrivederci colonnello!» rispose la gazza e si staccò dalla cima di un immenso abete. Fece due giri a lenti colpi d'ala e quindi cominciò ad allontanarsi.

Ma il Procolo chiamò improvvisamente:

«Uccello! aspetta un momento! ti devo dire una cosa!»

La gazza fece un rapido dietrofront e andò a posarsi su di un lungo ramo sporgente, due metri sopra il Procolo.

«Dove volevi andare adesso?» domandò il colonnello.

«Ti ho detto, vado da mio fratello, che ti fa da guardiano.»

«È inutile» fece il Procolo «non c'è più, tuo fratello.»

«È partito? Non lo sapevo. E dove è andato a finire?»

«Non è partito, è morto. L'ho ucciso io una notte, per una serie di segnalazioni sbagliate.»

La gazza tacque qualche istante. Il suo petto palpitava in un respiro affannoso. Poi mormorò lentamente: «Son venuta da tanto lontano... tre anni che non lo vedevo... e adesso mi tocca tornare».

«Già» disse il Procolo «non c'è niente da fare. Per me, fa' come vuoi. Se vuoi rimanere, rimani. E se vuoi fare da sentinella...»

S'incamminò quindi a lunghi passi verso casa, seguito da Benvenuto.

La gazza non disse più nulla. Voltatosi indietro dopo un centinaio di metri, Benvenuto la scorse ancora, immobile, appollaiata sul ramo.

Quella sera, quando l'Aiuti venne su da Fondo per parlare con il colonnello, si udì sopra il silenzio dei boschi un'alta voce solitaria, simile a quella d'un tempo: il segnale della nuova gazza guardiana.

22

Qualche giorno dopo Matteo ritornò alla casa. Il colonnello nel suo studio stava ripulendo una scatola di compassi.

«Novità? Novità?» chiese il vento in un tono che poteva essere più rispettoso.

«Niente» rispose Sebastiano Procolo. «Le cose sono andate male, non ho potuto combinare nulla e ho anche paura di essermi compromesso.»

Gli raccontò allora l'avventura nel bosco, senza dimenticare le vociferazioni del misterioso vento; evidentemente qualcuno si era accorto che Benvenuto era rimasto solo e aveva fatto propagare la notizia; forse lui, Procolo, era sospettato. Il colonnello però aggiunse che dopo quel giorno non gli era più capitato di sentire nella foresta pettegolezzi sull'incidente. Forse egli aveva intraudito, a causa della stanchezza.

Con una certa delusione del colonnello, il vento non si curò affatto di rassicurarlo, anzi notò come i genî del bosco fossero avidi di notizie nuove e spesso per fatti insignificanti discutessero settimane intere.

Certo il vento diceva così per gusto di dispetto. Ma in ogni modo il colonnello rimase preoccupato. Per parecchi giorni andò aggirandosi nel Bosco Vecchio per sentire se ci fosse ancora quel vento maligno. Ma non udì più nulla di sospetto.

Questo non bastò a tranquillizzarlo. Egli visse alcun tempo nel terrore che quelle voci della foresta rivelassero a Benvenuto cos'era realmente successo e che il ragazzo poi lo raccontasse ai compagni. Perciò lo seguiva spesso di nascosto, anche nell'interno del bosco, e si spinse qualche volta fino a La Spacca, dove Benvenuto e i suoi compagni di collegio si riunivano quasi giornalmente a giocare.

Era La Spacca un largo triangolo di prato al limite nordovest della foresta, tre chilometri sopra il collegio. Perché si chiamasse così non si è mai saputo. Da una parte si innalzavano a picco smisurati abeti; dall'altra sprofondava la Valle Secca con le sue terre crollanti. Sull'orlo c'era una vecchia casupola di boscaioli abbandonata.

Il colonnello, non visto, si fermò le prime volte ad osservare con curiosità i ragazzi intenti a incomprensibili faccende (come è noto poche cose sono misteriose e ancor oggi difficili a penetrare come i giochi dei ragazzi in campagna). Si trattava però in genere di imprese a sfondo di guerra. E il Procolo fin dai primi minuti si accorse come Benvenuto, più debole di tutti gli altri ragazzi, partecipasse a quei giochi battaglieri nell'ultimo rango; e si limitasse per lo più ad obbedire ciecamente a Berto, il capo indiscusso della compagnia. In quanto all'episodio del Bosco Vecchio, non sentì mai farne parola da nessuno.

Quello che stupì profondamente il colonnello era il particolare fermento di vita che animava quella zona della foresta durante i giochi dei bambini, pareva che la presenza dei ragazzi facesse raccogliere sugli alberi circostanti una quantità inconsueta di uccelli ed eccezionale era pure il numero di scoiattoli e ghiri aggirantisi in quei paraggi. Anche il fruscìo dei rami sommitali in quelle ore si faceva più intenso quasi che i genî avessero da farsi interessanti comunicazioni.

Tanta animazione non durava a lungo. Il colonnello era

arrivato da pochi minuti sul posto, ed ecco il canto degli uccelli affievolirsi, fuggire gli scoiattoli e i ghiri, farsi silenzio sulle rame e talora anche comparire nel cielo sinistri nuvoloni. Pure i giochi dei ragazzi subivano un improvviso rallentamento. Si diffondeva per il bosco e l'aria una inesplicabile svogliatezza.[1]

Dopo due tre volte il colonnello si accorse che era proprio la sua presenza, anche se non notata dai ragazzi, a recare disturbo. Ne rimase segretamente offeso e irritato. Pareva esserci dunque una specie di incompatibilità tra la sua persona e il benessere della foresta. Evidentemente egli stonava in quel felice angolo di selva, evidentemente alberi e uccelli non lo potevano soffrire.

Ma il colonnello non rinunciò per questo a controllare i giochi di Benvenuto e dei suoi compagni. Visto che personalmente non gli riusciva, egli pregò la nuova gazza guardiana di sospendere durante il giorno il servizio di vigilanza all'ingresso della radura per ispezionare invece La Spacca, seguire l'attività dei ragazzi e riferirgli poi alla sera, con tutti i particolari, cosa fosse accaduto. Così Sebastiano Procolo conobbe molte cose.

Una sera la gazza raccontò:

«Benvenuto oggi ha parlato di te.»

«Ah sì?» fece il colonnello non riuscendo a dominare l'apprensione.

«Sì» disse l'uccello «ha detto ai suoi compagni che tu hai fatto molte guerre, che un giorno ha sguainato di nascosto la tua sciabola appesa al muro ed ha trovato ancora tracce di sangue, che ha visto in un libro la tua fotografia mentre vai

---

[1] Questo fenomeno, finora poco studiato, si verifica in qualsiasi bosco, campagna, forra, pascolo o palude: animali e piante manifestano una speciale vitalità quando si trovano in compagnia di bambini e le loro facoltà di espressione si moltiplicano tanto da permettere veri e propri colloqui. Basta però la presenza di un solo uomo adulto a rompere questa specie di incanto.

alla carica contro il nemico, in sella ad un cavallo nero. Poi ha detto che anche lui diventerà forte come te, che tutti in famiglia sono un po' deboli da bambini ma dopo si trasformano.

«I suoi compagni» continuò la gazza, «hanno cominciato a dargli la baia, hanno detto che tu non sei mai montato a cavallo e che alla guerra non si va più alla carica e che non si adopera mai la spada, e che perciò erano tutte storie.

«Allora Benvenuto ha detto ai compagni delle parolacce. Berto, il più forte, gli ha risposto che lui faceva tanto il grande ma in pratica era il più pauroso di tutti. Intanto gli andava contro. Siccome Benvenuto si tirava indietro, Berto gli ha detto: "Vedi che hai paura?". "Paura un corno" ha risposto Benvenuto e si è fermato ad aspettare. Allora Berto gli ha lasciato andare un pugno, l'ha colpito proprio sul mento. Benvenuto non ha neppure gridato, è caduto tutto d'un pezzo per terra e adesso è ancora là immobile. Dev'essere svenuto.»

Il colonnello tacque per due o tre minuti. La gazza intanto, appollaiata sullo schienale di una sedia, andava ravviandosi le penne con impazienza.

Finalmente Sebastiano Procolo ruppe il silenzio:

«Fa caldo» disse «c'è un'afa soffocante.»

«Sì, veramente» fece la gazza imbarazzata «è una giornata caldissima.»

«Già» continuò il colonnello. E i due stettero un pezzo a fissarsi senza dire più una parola. La gazza scuoteva leggermente il capo a destra e a sinistra, in gesto di disapprovazione.

23

Il racconto della gazza guardiana corrispondeva a verità.

Benvenuto infatti giaceva in mezzo al prato de La Spacca, immobile sotto il sole. I suoi compagni eran fuggiti. Fu il vento Matteo a farlo rinvenire, soffiandogli fra i capelli. Il ragazzo, con un gemito, aprì gli occhi.

«Spesso succede così» gli disse il vento «anche se hai ragione. Anche a me è capitato lo stesso. Ma hai fatto bene ugualmente.»

«Heuoholaliii!» gridò dall'alto d'un abete un uccello piuttosto grosso, di una specie sconosciuta nella valle «heuoholaliii! I cieli cambiano di colore, i fiumi risalgono le montagne! Il vento Matteo accarezza i bambini, il feroce vento Matteo che seminava la morte. Ragazzo, non ti fidare!»

«Se tu non fossi un uccello...» sibilò Matteo.

«Se non fosse un uccello?...» chiese Benvenuto, sempre disteso a terra.

«Gli darei una lezione, se non fosse un uccello... Ma di noi, venti, quelle bestie non hanno paura. Più forte soffiamo, più in alto si innalzano. Non c'è niente da fare. Bisognerebbe prenderli di sorpresa. Ma adesso... adesso me ne devo andare... torna a casa tu... sento venire Evaristo.»

Arrivava infatti il vento Evaristo, nuovo signore della vallata, e Matteo, come è ben comprensibile, preferì evitare un incontro e si ingolfò nel fondo della Valle Secca prescelta oramai a sua dimora.

Evaristo veniva a dare al Bosco Vecchio il "Bollettino segnalazioni". Bisogna sapere che il vento aveva da pochi giorni istituito questo servizio con viva soddisfazione delle piante, degli animali e delle montagne. Con criteri indiscutibilmente pratici e moderni, Evaristo, valendosi dei venti minori delle vallette laterali, suoi dipendenti, raccoglieva le notizie dei fatti più caratteristici avvenuti nella regione e le annunziava poi in giro, sempre per mezzo dei venti minori. In sostanza lui non faceva una grande fatica, ma senza dubbio il "Bollettino" incontrò il favore generale. Di tanto in tanto, tuttavia (come appunto quel giorno), Evaristo si levava di dosso la pigrizia e andava personalmente a comunicare le notizie.

Come è logico, egli soleva riserbare questa sua degnazione alla zona della Valle Secca, frequentata tuttora da Matteo, per affermare sempre di più, di fronte a costui, il suo prestigio. E a onor del vero bisogna aggiungere che da parte sua Matteo mantenne un contegno riservatissimo né si udì da lui la minima critica o malignità verso Evaristo.

«"Bollettino segnalazioni"! "Bollettino segnalazioni"!» fischiava Evaristo strisciando lungo i confini del Bosco Vecchio, e miriadi di uccelli di tutte le dimensioni si raccoglievano ad ascoltare sulle piante intorno. Benvenuto, ormai tornato in sé, si era messo a sedere, toccandosi con le mani il mento ancora dolorante per il terribile pugno.

«*Compleanno d'un veterano*» cominciò Evaristo. «È con legittimo senso di gioia che ricordiamo la solennità d'oggi: Prosperitas, il vostro compagno, l'albero più antico di tutti gli antichi alberi della valle, compie oggi i 1500 anni. Quindici secoli spesi bene, amici miei, e ad essi se ne aggiungano almeno altrettanti. Prosperitas è alto e forte e non ha sui rami tristi licheni e le sue radici sono intatte e ogni anno le sue braccia sono cariche di frutti. Che il canto degli usignuoli, se è possibile, rallegri i suoi anni futuri e cantino intorno a lui i buoni venti della primavera.

«*Sciagura nella palude di Mosto*. La mattina scorsa, sulla riva della piccola palude di Mosto, a due chilometri da Fondo, è avvenuto un triste incidente. Otto rospi ululoni, una famiglia delle più rispettate nella zona, sono stati assaliti da un falco e ad uno ad uno rapiti nel cielo.

«*Morte del torrente Lampreda*. Anche quest'anno, in seguito alla lunga serie di giornate di sole, è morto il torrente Lampreda. La sua ultima vita non lascia cattivi ricordi: carriera onesta senza intemperanze né gesta d'eccezione. Da notare un pietoso episodio: in tutto il letto del torrente non è rimasta che una sola pozza d'acqua che va evaporando rapidamente e nella buca è rimasta una trotella, condannata a irreparabile morte.

«*Assassinio*. Nel giardinetto del Municipio di Fondo, su una foglia di nasturzio, è stata trovata oggi a mezzodì una vespa decapitata. Le indagini hanno accertato che essa era stata barbaramente uccisa da una compagna, per motivi sconosciuti.

«*Scoperta scientifica*. Protervo, l'urogallo sapiente che abita nei boschi della Val Tibola, ha fatto nei giorni scorsi una nuova scoperta, destinata a rivoluzionare i concetti fin qui correnti: egli è riuscito a trovare la legge che regola i periodi di freddo e di caldo e le variazioni nel corso del sole. Protervo l'ha chiamata la legge delle stagioni. Domani mattina egli si troverà sulla cima del Monte Anania, metri 985, e darà schiarimenti a chiunque si interessi del problema.

«*Identificazione di due spaventapasseri*. Lunghe ricerche hanno permesso di stabilire che i due orribili personaggi posti di guardia ai campi di grano in località Fenchina non sono che due spaventapasseri. È la quindicesima identificazione del genere che gli uccelli compiono in questa stagione. Degna di lode è specialmente la cingallegra Marietta che osò avvicinarsi a pochi centimetri dalle spaventose figure e poté così verificare l'inganno, togliendo a tutti gli altri uccelli una fonte di pànico e di preoccupazione. L'annuncio dell'identificazione ha richiamato migliaia di volatili sui due campi.»

A questa notizia molti uccelli, sulla cima degli abeti, si misero a cinguettare rumorosamente, sghignazzando per la contentezza.

«Ancora una segnalazione» fece Evaristo. «Si tratta di un *carrettiere gigante* comparso nella giornata di ieri nelle vicinanze di Fondo. È un uomo alto, con un grande cappello nero, che conduce un carro di foggia inusitata. Il veicolo è formato da una lunga cassa dipinta di nero con quattro grandi ruote ed è tirato da un grande e maestoso cavallo. Interrogato, il carrettiere non ha voluto dire che cosa contiene il cassone. A lenti passi, lui e il cavallo risalgono la valle, verso ignota destinazione.»

Il "Bollettino" era così finito. La voce di Evaristo si spense. Gli uccelli si fermarono ancora qualche minuto a commentare le notizie, poi si sparpagliarono per il bosco.

Benvenuto si avviò da solo verso casa. Giunse verso le cinque e trovò dinanzi alla porta il colonnello con cui scambiò il solito magro saluto. Stava poi per entrare quando scorse, pochi centimetri dietro il Procolo, un grosso topo, e riconobbe la bestia che era venuta a dormire nel suo materasso.

«Zio Sebastiano!» gridò «guarda il topo che ti viene dietro!»

Il colonnello si voltò per guardare e disse: «Mi vien proprio dietro, hai ragione». E quindi, rivolto all'animale, con tono brusco: «Via, via di qui!».

Il topo sgattaiolò via, rintanandosi in casa.

«Perché non gli hai dato un calcio? Dovevi ammazzarla, dovevi, quella bestiaccia odiosa.»

«Già» fece Sebastiano Procolo «potevo proprio darci un calcio.» Ma era evidente, e Benvenuto lo comprese benissimo, che il colonnello aveva paura di uccidere il topo o che comunque non aveva nessuna fretta di sbarazzarsene.

24

Il 26 luglio 1925, una giornata caldissima, verso mezzogiorno, il colonnello scorse, lontano, che avanzava per la strada dal fondo della radura, un carro tirato da un grande cavallo. Incuriosito gli si fece incontro e in pochi minuti lo raggiunse. Era il bizzarro convoglio descritto dal vento Evaristo nel "Bollettino segnalazioni". Il carrettiere, con un gran cappellaccio nero, era alto almeno una spanna più del colonnello. Il cavallo pure era di dimensioni fuor del comune. Di carri simili poi non se n'erano mai visti; era costituito da un grande cassone, tutto verniciato di nero e chiuso da un coperchio. Da lontano sembrava una bara.

Il carrettiere, conducendo a mano il cavallo, avanzava con grande lentezza, gli occhi fissi per terra.

«Dove andate con questa baracca?» chiese Sebastiano Procolo quando si fu avvicinato. «Cosa avete in questo cassone?»

Il carrettiere, senza fermarsi, alzò gli sguardi verso il colonnello ma non rispose parola.

«Siete su terreno mio, giovanotto» insistette Sebastiano Procolo «e avete l'obbligo di rendermi conto. Cosa c'è dentro a quel cassone?»

Questa volta il carrettiere si fermò e alzò in alto la testa facendo vedere due occhi piccoli ma fiammeggianti. Poi diede in aria un colpo di frusta, con un formidabile schiocco, e rispose con voce minacciosa:

«Cosa c'è qui dentro? cosa c'è qui dentro?» e diede un altro colpo di frusta. «L'anima tua maledetta, ecco cosa c'è dentro!»

Detto così, il carrettiere si avvicinò al cassone e ne spalancò lestamente il coperchio.

Allora si udì dall'interno un confuso ma intenso brusìo e quindi una densa nuvola di piccole tozze farfalle bianchicce si alzò rapidamente nel cielo, si allargò in un'immensa schiera, descrisse tre, quattro giri sopra la radura e si allontanò infine in direzione del Bosco Vecchio. Saranno state almeno cinquantamila.

Nel parapiglia, come è naturale, alcune delle farfalle rimasero contuse, alcune anzi uccise, e piombarono a terra. Il colonnello ne raccolse una e l'esaminò attentamente. Era proprio una farfalla, lunga circa tre centimetri, con la pancia rosea e le ali bianche coperte da diverse striscie nere a zig-zag.

Sebastiano Procolo non sapeva di che bestia si trattasse e squadrò con occhi irati il carrettiere.

«Non so che farfalle siano queste» esclamò «ma se porteranno qualche danno, state sicuro che vi faccio andare in prigione.»

Nel frattempo, con manovra sorprendente data la strettezza della strada, lo sconosciuto aveva fatto voltare il carro e si era avviato senz'altro verso la valle, senza dar retta al colonnello.

«Chi siete? Ferma! Datemi il vostro nome!» gridò Sebastiano Procolo estraendo dalla tasca destra posteriore dei calzoni una rivoltella a tamburo. «Guardate che sparo sul cavallo!»

«Sparate, sparate pure» rispose il carrettiere volgendo solo il capo, senza fermarsi.

Il colonnello infatti premette il grilletto. Si udì un piccolo scatto metallico e basta. Altre quattro volte il Procolo fece scattare il cane, ma niente: si era dimenticato di caricare l'arma. Il carrettiere continuava a camminare tranquillo come se fosse stato ben sicuro che la rivoltella non avrebbe sparato. Oramai era lontano.

Il colonnello rimase immobile come se qualcosa gli impedisse di muoversi. La sua mano destra che impugnava la rivoltella ricadde inerte sul fianco. Era caldo. I boschi e i prati fumavano invisibili vapori al cielo.

Mentre il misterioso carro scompariva alla sua vista, il Procolo guardò per terra la sua ombra, che aveva dimensioni insolite come nella notte della festa al Bosco Vecchio.

Non abbiamo su questo nessuna testimonianza sicura. Ma molti affermano che in alcune giornate l'ombra del colonnello Procolo, sotto al sole o alla luna, fosse spropositatamente lunga. Le anormali proporzioni dell'ombra stessa, verificatesi nelle due circostanze ricordate, potrebbero essere state causate da particolari fenomeni di rifrazione o anche dalla pendenza del terreno. Se proprio fosse l'ombra ad assumere una grandezza eccezionale, noi non possiamo dire: il fatto avrebbe contrastato con leggi fisiche universalmente riconosciute come esatte. L'ultima parola tuttavia non è ancor detta; certo è che, sparsasi voce del curioso fenomeno, decine di persone, ragazzi specialmente, salivano spesso alla casa del Procolo con la speranza di poterlo ammirare. Del resto molte altre cose oscure ci sono nel mondo che la scienza ignora e che sembrano inverosimili a chi non le ha personalmente vedute!

Fu quella, in Valle di Fondo, una buona estate, con lunghe serie di giorni sereni. Un giorno Matteo, probabilmente in mala fede, annunciò al colonnello che si sentiva rimesso: era pronto, se il Procolo avesse voluto, a ripetere il tentativo contro Benvenuto. Le forze gli erano tornate. Questa volta ci sarebbero state buone probabilità di successo.

Il colonnello rispose di no. Bisognava essere prudenti. Quando egli aveva cercato di abbandonare il ragazzo, c'era subito stato un vento a propagare la notizia: per fortuna tutto era finito in niente ed era stato ormai dimenticato. Ma troppo poco tempo era passato da allora. Era meglio aspettare ancora. Le buone occasioni non sarebbero certo mancate.

25

Venuto l'inverno, scese grande neve. Benvenuto, tornato al collegio, era condotto, nelle ore libere e le domeniche, con i compagni, a sciare. Siccome gli altri, e specialmente Berto, erano molto più bravi e lo sbeffeggiavano per le sue frequenti cadute, egli andava spesso in un valloncello fuori mano e saliva e scendeva, saliva e scendeva, fin che si sentiva esausto. Dopo poco le sue gambe erano stanche, gli sci si accavallavano da soli, Benvenuto sprofondava nella neve e qualche volta si metteva a piangere.

«Ehm, ehm» soffiò un giorno il vento Matteo, facendo cader giù dai rami degli abeti attorno grosse polpette di neve «tuo zio Sebastiano non ha mai pianto, ricordati, e neppure tuo nonno. Probabilmente non ha mai pianto nemmeno il bisnonno e avanti così per tutte le generazioni da quando ci sono stati i Procolo.»

Ma Benvenuto non si consolava.

«Ci sono altri, forse, che dovrebbero piangere» continuava il vento Matteo. «Tu non ne hai proprio bisogno. Va' là, tu imparerai a sciare, tu diventerai forte, ti farai alto come tuo zio Sebastiano, la voce ti diventerà grande e quando griderai i lupi fuggiranno lontano. Tu cominci, questa è la faccenda, e io invece sto per finire. Io sì potrei anche piangere, se non mi chiamassi Matteo. Ma non lo vedi come son ridotto? Domanda, domanda a chi è più vecchio di te che cos'era il vento Matteo. Ora eccomi qua a consolare i bambini.»

Rialzatosi dalla neve, Benvenuto ascoltava in silenzio.

«Ci sono cose che non ritornano, caro mio» continuò Matteo con voce leggermente rabbiosa «sta' attento, quando sarà il tuo turno, a non lasciartelo sfuggire. Quello che è stato è stato. Naturalmente, con gli estranei, faccio ancora la voce forte. Bisogna tenersi pur su finché è possibile. Per esempio, ti voglio far sentire la mia ultima canzone. È intitolata "Desiderio epico". La giornata non è la più adatta, ma purtroppo oggi non sono più io a fare il tempo.»

Quella giornata grigia, con una uniforme cappa di nubi color topo, non era infatti appropriata a una canzone del genere. Pur tuttavia Matteo seppe farla figurare:

«Desiderio che mi è venuto alla svolta del vallone
(e non è venuto solo a me davvero!)
desiderio che mi è entrato in mente
quando mi sono finalmente accorto
– ma ce n'era voluto del tempo! –
mi sono accorto di aver dimenticato
in fondo alla maledetta caverna
il mio mazzapicchio gigante
con il quale feci tante battaglie.
Ma avevo fatto ormai troppa strada
per poter tornare indietro a riprenderlo.
Ora non c'era che da proseguire il cammino
fino al termine del vallone,
continuare accanto agli altri la strada
senza più partire a battaglia,
senza più tempeste sui monti
né vittorie né ritorni trionfali
né gioia di distruzioni.
Allora mi venne un desiderio:
– siam d'accordo, non c'è alcun rimedio,
la partita è totalmente perduta –

ma una sola volta, Matteo,
oh, ancora una volta appena,
– dopo non domanderò più nulla –
partire ancora una mattina
per una delle mie vecchie imprese.
E ancora una volta, una sola,
sentirmi come allora feroce
e rigonfio di giovinezza!»

Poi Matteo se n'andò via, raso terra, stracco e mortificatissimo.

26

Ai primi di novembre Sebastiano Procolo si comperò un apparecchio radio. Un operaio venne su da Fondo per impiantare l'antenna e insegnò al colonnello il funzionamento dell'ordigno. Per conto suo, poi, il Procolo si lesse un manuale tecnico. La sera dell'8 novembre l'installazione era pronta. Già era scesa la notte quando alla presenza del colonnello l'operaio fece il collaudo definitivo.

Una musica, per la prima volta, si diffuse nella casa. Suonavano un valzer in qualche parte del mondo. L'apparecchio andava perfettamente. Benché fosse una serata piuttosto burrascosa, si udivano poche e debolissime scariche.

«È Riga, questa» disse l'operaio. «In pochi giorni poi s'impara a distinguere tutte le stazioni.»

Il colonnello provò a sua volta a rintracciare qualche trasmissione. La manovra gli riuscì subito facile. Alla fine tornò a "prendere" il valzer che si sentiva specialmente forte. L'operaio, raccolti i suoi arnesi, salutò e fece per andarsene. Dallo studio, dove era stata messa la radio, il colonnello l'accompagnò da basso, all'uscita e gli diede qualche lira di mancia. Oramai era notte fonda.

Vettore stava preparando il pranzo, Sebastiano Procolo risalì nel suo studio, che risuonava tutto di musica. Ma, come si fu tranquillamente seduto, il colonnello sentì la voce dell'altoparlante intorbidirsi leggermente, come se fosse entrato un nuovo rumore. Provò a girare le manopole, trovò altre stazioni, ma non riuscì più a ottenere il suono nitido come prima. Pareva anzi che il rumore estraneo, come un confuso fruscìo, tendesse ad aumentare sempre più: sembrava provenisse da una fonte più lontana che quella delle musiche e non sovrapporsi a queste ma emergere dal di sotto e impastare in un unico brontolìo le note degli strumenti.

Il colonnello spalancò una finestra nella speranza che l'operaio non se ne fosse ancora andato; ma quello era ormai lontano. Si udì però allora il richiamo della gazza. Forse l'operaio aveva dimenticato qualcosa e tornava indietro? No, era l'Aiuti che veniva a parlare di affari.

Anche l'Aiuti a casa aveva una piccola radio, ma non se ne intendeva affatto. Ciononostante il colonnello, divenuto di malumore, volle fargli sentire il suo apparecchio e chiedergli un parere sullo strano disturbo.

Si udì, ma confusamente, un pezzo d'opera.

«È il *Faust*, mi pare» disse l'Aiuti «ma lei, colonnello, ha ragione, c'è proprio come una voce sotto.»

«Strano» disse ancora, dopo un po', l'Aiuti «si direbbe quasi il rumore che fanno i boschi quando ci soffia il vento.»

«Il rumore dei boschi?» domandò il colonnello.

«Sì, ho detto per dire, so bene anch'io ch'è impossibile.»

Non essendo cessato per tutta la sera il disturbo, Sebastiano Procolo, il giorno successivo, mandò a chiamare l'operaio. Messo nuovamente in azione dal tecnico, l'apparecchio questa volta funzionò perfettamente. L'operaio anzi, per desiderio del Procolo, si trattenne fino a tarda sera.

«Non so proprio cosa possa essere stato» egli dichiarò. «Certo ne ho sentito parlare altre volte, di fenomeni del genere, che la scienza non riesce a spiegare; e succedono anche con apparecchi delle migliori marche.»

Ma anche quella sera, pochi istanti dopo che l'operaio se ne fu andato, il colonnello udì ampliarsi dal fondo dell'altoparlante quell'enigmatico mugolìo. Balzò immediatamente alla finestra e fece in tempo a richiamare il tecnico.

Appena costui fu rientrato nello studio, senza che egli avesse neppure toccato l'apparecchio, il noioso ronzìo cessò di colpo.

«Non so neppure io che cosa dirle» fece, imbarazzato, il Procolo «le garantisco che appena lei se ne è andato, quel rumore s'è fatto sentire, identico a quello di ieri, sono sicuro di non sbagliarmi.»

L'operaio lo guardò con perplessità e si mise a ridere.

«Scusi sa, rido perché il fatto è ben curioso. Del resto sono cose che succedono. Mi ricordo, in guerra, ch'ero telefonista, una volta col mio sergente andai a dormire in una grande villa che i padroni erano via. C'erano letti a profusione e così andammo in due stanze differenti. Io m'ero già addormentato quando il sergente mi sveglia. "Sento dei rumori" mi dice tutto nervoso "non capisco cosa possa essere, vieni anche tu di là un momento." Io vado ma c'era un silenzio di tomba. Torno nella mia stanza ed ecco qualche minuto dopo il sergente che torna. "Non ci sono storie" dice "ho sentito ancora quei rumori." Vado di nuovo in camera sua: silenzio. Eppure quel sergente era un giovanotto di fegato, che non si lasciava mica montar la testa.»

«Non vedo come ci possa entrare questa storia» obbiettò il colonnello, visibilmente contrariato. «Non me lo son mica sognato quel rumore.»

«Ma insomma» domandò l'operaio «che rumore è? Cosa sente?»

«O Dio, non è semplice a dire» rispose il Procolo «è una specie di rombo. Ecco, s'immagini il suono d'un bosco quando c'è vento forte.»

Il tecnico scosse il capo: «Le giuro che non capisco niente. Se mai, domani mi richiami, proveremo a cambiare l'antenna».

L'operaio fu richiamato, venne anche un ingegnere della ditta, fu mutata la postazione dell'antenna ma il Procolo, quand'era solo, continuò a sentire quella voce fonda che saliva da una lontananza infinita, si allargava con progressione, inghiottiva le melodie dei tenori, dei violini, delle intere orchestre, fino a riempire tutta la casa.

27

Probabilmente per la preoccupazione di non apparire ridicolo, il colonnello Sebastiano Procolo non insistette più perché l'operaio riparasse il difetto della radio. Il fatto l'aveva però messo in uno stato di eccitazione.

Ogni sera il Procolo si ostinava a mettere in azione l'apparecchio, lo spegneva appena l'inspiegabile rombo assorbiva ogni altro suono, lo riaccendeva dopo qualche minuto, provava questa o quella lunghezza d'onda, girava su e giù per lo studio nervosamente o se ne stava diritto dinanzi alla finestra, le mani congiunte di dietro, fissando il buio della notte.

Alla fine il colonnello pregò il Bernardi di venire nel suo studio. Accese la radio e quando dall'altoparlante il maligno rumore fu sbocciato, domandò in tono pieno d'intenzione:

«Lo conoscete, Bernardi, questo rumore? Lo conoscete, non è vero?»

«Purtroppo lo conosco» rispose l'altro «è da agosto che mi tormenta.»

«Cos'è, perdio?»

«È da agosto che tutte le notti il bosco si lamenta. Nessuno dei miei compagni sa dire perché. Ma tutti sentono qualcosa che va male. Anch'io, anch'io lo sento. È come una minaccia. Tutte le notti è così, anche il mio albero chiama.

Posso dire d'intendermi di abeti» e qui fece un triste risetto «ma non capisco cosa stia per capitare. Come se una malattia covasse dentro di noi; e noi non la conosciamo.»

Il colonnello tacque per un poco; poi, accennando all'altoparlante domandò:

«Ma come fa a entrare là dentro? Non avete mica una stazione radio?»

«No» fece il Bernardi, ripetendo il riso di poco prima «una stazione radio non ce l'abbiamo davvero. Non so niente di tutta questa faccenda. Posso dire solo una cosa: verso la fine di luglio, mi ricordo perfettamente, dalla parte di Fondo è venuta su una nuvola di farfallette bianche che sono entrate nel bosco. Per qualche notte han continuato a volare. Solo questo io so: che da allora è cominciato il tormento» e non disse più altro.

Fu solo a primavera che si seppe; quando dalle screpolature dei tronchi pullularono migliaia e migliaia di vermi. Le bianche farfalle portate il 26 luglio dal misterioso carro avevano impestato la foresta di uova, le uova avevano aspettato il caldo ed ora infiniti bruchi tra il verde e il giallo sciamavano su per i rami.

Fu una sinistra primavera. Gli immensi abeti sentirono venir su per i fusti quei flaccidi esseri striscianti, li sentirono propagarsi sopra di loro con un sottilissimo sussurro. I bruchi avanzarono baldanzosi, intonando alcune loro sciocche canzonette, si augurarono reciprocamente buon lavoro. Grandi nuvole grigie di forma orrenda ciondolavano in quei giorni nel cielo, gli uccelli erano rauchi, i venti sapevano di bruciaticcio o di muffa.

Cominciò un bruco piccolissimo, ma che era nato prima di tutti gli altri: prese una foglia d'abete, la troncò a metà, un pezzo lo lasciò cadere per terra; l'altro, attaccato al picciolo, lo divorò con avidità da non dire. Fece lo stesso con una seconda foglia; poi ne mangiò una terza. Anche tutti i suoi fratelli avevano intanto intrapreso la distruzione.

99

Il Bernardi e del resto tutti gli altri genî non s'impressionarono gran che; anche se voracissime, le piccole larve non avrebbero certo potuto inghiottire tutto quanto il bosco, pensavano. Ma i vermi parevano moltiplicarsi. Per tutta la foresta era un ticchettìo di foglie mozzate.

Non su tutti gli abeti erano nate le larve. Eppure non ne venne risparmiato nessuno. I bruchi si lasciavano spenzolare giù dai rami, nell'aria, per mezzo di sottilissimi fili come di ragno. Bastava loro una bava di vento, per cominciare a fare il pendolo. Uno due, uno due, s'imprimevano loro stessi leggerissime spinte, aumentavano sempre più l'oscillazione.

Poi quando arrivava un soffio più forte, hop! si lasciavano trascinar via fino a raggiungere l'albero vicino.

Per l'intero Bosco Vecchio oscillavano queste silenziose altalene. Dovunque era un rodere, un masticare, un volteggiare nell'aria, uno scambiarsi di richiami, un ignobile ridacchiare di compiacenza. Fosse sole o pioggia, i bruchi acrobati continuavano a rimpinzarsi.

28

La distruzione continuò senza pause. Né il Bernardi né la Commissione forestale, interpellata, seppero trovare un rimedio. Un tecnico della silvicoltura, fatto venire appositamente, disse che ormai era troppo tardi: si sarebbero dovute distruggere le uova prima della primavera; ora non c'era che da aspettare che i bruchi si tramutassero in crisalidi per raccogliere queste, in quanto fosse possibile.

La radio del colonnello adesso finalmente funzionava bene. Il Bosco Vecchio non più mugghiava la notte, ma giaceva in una penosa atonìa, mentre i rami venivano spogliati e contro il cielo si profilavano gli scheletri nudi.

Come estrema risorsa, il Procolo pensò persino di interpellare la gazza.

«C'è uno solo che possa salvare gli abeti» rispose l'uccello. «Te lo dico in un orecchio: è Matteo. Se vuoi, mandalo da me, gli darò io le istruzioni.»

Subito il colonnello chiamò il suo vento.

«Senti, Matteo» gli disse «questa volta ti puoi fare onore. Tu solo puoi salvare il bosco. Va' dalla gazza che ti darà le istruzioni.»

Matteo alla notizia si sentì rianimato. C'era dunque ancora qualcuno che aveva bisogno di lui.

Per tutta la notte il vento stette a confabulare con la gazza. Al mattino partì con gran foga, attraversò la vallata, raggiunse una lontana montagna coperta di foreste e cominciò a strisciare chiamando ad adunata.

Prima che scendesse il sole, Matteo fu di ritorno alla casa del colonnello. Trascinava con sé una densa nube di animaletti volanti che producevano un acutissimo ronzìo: un esercito di icneumoni.

Così come avevano fatto le bianche farfalle, gli icneumoni d'un botto si divisero in innumerevoli gruppetti sparpagliandosi per la selva. Erano insetti sottili, con le ali trasparenti, la corporatura slanciata. Le femmine, che nella schiera erano più numerose, portavano un lungo pungiglione a mo' di coda.

Ebbe inizio una curiosissima caccia. Mentre i maschi giravano per avvistare le prede, le femmine assalivano i bruchi divoratori.

Pieni fino al collo per il continuo mangiare, i vermi non seppero difendersi. Non ci fu tempo neppure di gettare l'allarme, tanto repentina fu l'incursione. Emettendo delle sottilissime grida per eccitarsi a vicenda, le icneumoni piombavano sui bruchi, li afferravano per i peli, li stringevano fra le gambe, coprendoli di contumelie. Poi li infilzavano con l'aculeo, con velocità sorprendente, in ogni parte del corpo. Esclamavano: «Eccoti la medicina, che ti possa guarire per sempre!». O: «Conta quanti te ne metto, che dopo li dovrai sputar fuori!». Oppure: «Adesso questo tienlo da conto!». E altre consimili espressioni di scherno.

A ogni colpo di trivella, le icneumoni ficcavano un uovo nel corpo dei bruchi.

In tutto il Bosco Vecchio per alcuni giorni fu un gran fermento di battaglia. Senza più preoccuparsi dei pasti, i vermi si spenzolavano per i loro fili, passando da un ramo all'altro in una fuga disperata, sperando di poter sfuggire. Ma gli icneumoni li adocchiavano dovunque. «Ecco qua un altro amico!» gridavano alle loro spose, facendole accorrere addosso al verme.

Qualche bruco, da principio, presunse di opporsi alle icneumoni, impegnando una furibonda lotta. Ma ben presto tutti si convinsero che, una volta raggiunti, non c'era possibilità di scampo. Solo una delle assalitrici (mutilata di una zampa) venne a sua volta aggredita alle spalle da una dozzina di bruchi contemporaneamente. Prima che i compagni facessero in tempo a soccorrerla, la poveretta morì soffocata.

La caccia durò selvaggia per qualche giorno. Gli abeti, non più divorati dai bruchi, si illusero che il flagello fosse terminato per sempre e che i vermi, infilzati in quella maniera, con tutte quelle uova in corpo, avessero poche ore di vita.

I vermi invece non morirono. Appena gli icneumoni sgomberarono il campo, essi cominciarono a sgranchirsi, bestemmiando per il dolore delle ferite. Poi i lamenti a poco a poco si spensero. I buchi presto si cicatrizzarono. Le sofferenze disparvero.

Ravviatisi i peli, che si erano arruffati orribilmente, i vermiciattoli ricominciarono a mangiare, come niente fosse successo. Avevano anzi più fame di prima, inghiottivano foglie su foglie, in poche ore erano gonfi come piccoli otri.

Il Bernardi riferì il fatto al colonnello, il colonnello s'infuriò con Matteo, il vento chiese spiegazioni alla gazza, la gazza fece una secca ghignata.

«Siete dei fenomenali ignoranti» disse. «Mi fate veramente specie con queste stolte domande.»

Il vento non ebbe il coraggio di insistere, per avere schiarimenti; evidentemente aveva fatto una pessima figura.

29

Nelle vallette profonde si andavano ormai sciogliendo le ultime chiazze di neve, era una calda giornata d'aprile e gli scoiattoli bambini prendevano già le prime lezioni di arrampicata, quando uno dei bruchi maligni disse a un compagno, con la bocca ancora piena di cibo:

«Non so, ma oggi ho una strana sensazione. Come se ci avessi qualcosa dentro che si muove. E sì che per star bene sto bene. Sono aumentato di mezzo grammo in quest'ultima settimana.»

«Sta' zitto» fece il compagno «che anch'io oggi non sono della solita vena. Abbiam mangiato troppo, caro mio, e si son prodotti dei cattivi umori che adesso ci circolano nel corpo.»

In quel momento, un terzo bruco, a due centimetri di distanza, cacciò un acutissimo grido, sputò la foglia che stava masticando e si rivoltò su se stesso. Allora, orribile a dirsi, la sua pelle in più punti si ingrossò rapidamente come per fulminei foruncoli; poi quelle gobbette scoppiarono e dai minuscoli crateri si affacciarono le testoline di tanti vermiciattoli. Sbucati all'aria aperta, queste bestiole trassero un respirone di sollievo e, complimentandosi a vicenda con auguri di varia specie, uscirono lentamente anche con il resto del corpo, mentre la larva maligna rantolava, ululando per il dolore. Quando l'ultimo vermiciattolo fu uscito (erano in tutto una quarantina) il vandalo si stirò, morto secco.

«Maledizione!» gridò il primo bruco, annichilito per l'orrendo spettacolo. «Le uova delle icneumoni hanno dato fuori quei vermi! Anche noi siamo rovinati!»

Il bruco aveva compreso la situazione. Introdotte nei corpi dei vermi devastatori, le uova di icneumone si erano schiuse ed erano nati piccolissimi bruchi. E mentre si rimpinzavano la pancia, i vandali non sospettavano di nutrire così anche le bestiole vegetanti nel loro seno.

Era giunta l'espiazione. I figli di icneumone si ridestavano; passatasi una parola d'ordine, irrompevano all'esterno, spaccando l'involucro del bruco. E questi, squarciato, moriva.

Scoppi di urla strazianti[1] si alzarono uno dopo l'altro nella foresta. Appena dava segni di malore, la larva, ormai condannata, veniva abbandonata dai compagni che non sopportavano l'atroce visione; se ne rimaneva sola ad aspettare la fuoruscita dei vermiciattoli, il mortale supplizio. Anche i bruchi dotati di maggior forza d'animo non resistevano allo spaventoso dolore; dimesso ogni ricordo di dignità, si rotolavano su se stessi, vomitando volgarissime imprecazioni, con la bava alla bocca.

«Basta, basta!» gridavano gli uccellini, scossi dal raccapricciante spettacolo. Ma la morìa non durò poco. Non c'era un bruco che non avesse subito quell'iniezione di uova, neppure uno che potesse scampare. Dai rami era una specie di pioggia: moribondi, i bruchi si abbattevano sul terreno con un lieve colpetto.

---

[1] La voce dei bruchi, ben s'intende, anche in questi parossismi di collera e di dolore, è ben poca cosa in confronto, poniamo, alla voce degli uccelli. L'orecchio umano non riesce in genere a percepirla.

Nel Bosco Vecchio si fece un gran silenzio. Anche il vento Matteo era lontano, ad annunciare la sua opera miracolosa. Non sembrava più quello di pochi giorni prima, tanto il suo morale era alto e vivace l'andatura. Nessuno in verità gli poteva negare un riconoscimento. Eppure si diede in tale circostanza tanto sussiego che riuscì a disgustare anche i pochissimi che gli conservavano qualche simpatia.

Al terzo giorno dall'inizio della morìa non rimanevano nel Bosco Vecchio che poche decine di bruchi. Angosciati per la strage dei compagni, essi avevano perso ogni appetito e aspettavano muti che suonasse la loro ora.

«Forse noi siamo salvi» notava un disperato ottimista. «È vero che le icneumoni ci hanno punto, ma può darsi che non ci abbiano imbottiti di uova. Forse ne abbiamo in corpo solo due o tre, di quei vermetti infernali. Forse potremo cavarcela. Chissà, del resto, non è escluso che dentro a noi le uova siano marcite, senza metter fuori niente. Non ci sarebbe poi nulla di eccezionale.»

La frase gli fu troncata da un acutissimo spasimo. Sulla sua schiena si formarono repentinamente decine di protuberanze. I peli, per reazione nervosa, si arricciarono come molle d'orologio. Era la morte. Muti per lo sgomento, i compagni si ritirarono, con facce di circostanza, chi da una parte chi dall'altra.

Al quarto giorno neanche più un bruco era in vita. Intanto le larve di icneumone si erano imbottigliate dentro ai bozzoli, togliendosi dalla circolazione. E il Bosco Vecchio rimase solo, sfrangiato qua e là, ma libero e purificato: dovunque una grande calma, propria di convalescenza.

30

Dopo la solitudine invernale, la casetta de La Spacca si riaprì alla vita più vecchia d'un anno (come del resto tutte le altre case) nella primavera 1926.

Tornarono Benvenuto e i suoi compagni, tornarono le giornate di sole e di giochi ai piedi dei giganteschi abeti, al cospetto di grandiose folle di uccelli e di rosicanti.

«Vedrete com'è cambiato Benvenuto, non lo riconoscerete neppure» aveva detto Matteo agli abeti, per il gusto di farsi vedere bene informato.

Invece gli abeti lo riconobbero subito: era il ragazzo dell'anno prima, lo stesso, assolutamente. Forse un po' più alto, ecco, ma ugualmente pallido e gracile nel portamento. Dopo l'incidente dell'anno prima con Berto, egli per lo più preferiva starsene in disparte a guardar gli altri giocare; sedeva sull'orlo della Valle Secca con aria meditabonda. Berto tuttavia non lo trattava più come una volta, non gli diceva più fa' questo fa' quello, non lo sbeffeggiava più per la sua debolezza.

Alle volte, senza che i compagni se ne avvedessero, Benvenuto si addentrava nella foresta. Un giorno incontrò il Bernardi. Si salutarono.

«Sei un buon figliolo» gli disse il Bernardi, mettendogli la destra su di una spalla; «peccato che anche tu te n'andrai e non ci potremo più vedere.»

«Andrò dove? Mi vogliono mandar via?»

«No, non è questo. Ma anche tu un bel giorno non ti farai più vedere e anche se tornerai, non sarà più la stessa cosa.»

«Oh, io ci tornerò sempre al mio bosco, puoi stare sicuro.»

«Sì, può anche darsi che tu venga spesso qua dentro, anche per tutta la vita. Eppure verrà un giorno, non so quando precisamente, forse tra qualche mese, forse l'anno prossimo, forse anche fra due anni, verrà un giorno, ricordatelo, mi par già di vederti, ne ho visti troppi ormai di uomini... ecco, tu verrai al bosco, girerai tra le piante, ti siederai con le mani in tasca, continuerai a guardarti attorno, poi te ne andrai via annoiato.»

«Ma come vuoi sapere quello che io farò?» fece Benvenuto.

«Lo so perché ne ho visti molti altri come te. Tutti uguali, così vuole la vostra vita. Anche gli altri venivano a giocare a La Spacca, anche gli altri fuggivano di notte per venire alle nostre feste, anche gli altri parlavano con i genî e cantavano insieme col vento, anche gli altri qui con noi passavano giornate, non c'è che dire, felici.

«Poi un giorno sono tornati, di primavera, per riprendere la solita vita. Ma qualche cosa non s'è più ingranato. Come se il bosco sembrasse loro diverso. Intendiamoci, vedevano bene che gli alberi erano sempre uguali, con la identica statura, gli identici rami, le stesse ombre, o pressapoco. Eppure non si poteva più intenderci.

«Noi si era là, come al solito, dietro ai tronchi, e si facevano segni di saluto. Loro ci passavano vicini senza darci neppure un'occhiata. Noi li chiamavamo per nome. Nessuno che si voltasse. Non riuscivano più a vederci, ecco la ragione, non udivano più le nostre voci. I venti, vecchi loro amici di giochi, passavano sopra di loro, fischiavano tra i rami, dando loro il benvenuto. "C'è vento" dicevano i ragazzi con aria seccata "quasi quasi conviene tornare. Viene su un temporale."

«Anche gli uccelli si mettevano a cantare: "Buongiorno,

felici di rivedervi; se Dio vuole adesso rimarrete un po'
tra noi". Come se avessero parlato a un muro: i ragazzi
continuavano a discorrere impassibili, tutt'al più qualcuno domandava: "Non sai mica se è riserva di caccia qui?".

«Così rimasero poco più di mezz'ora. "Ti ricordi" disse
uno "quella volta che abbiamo bastonata la lince?" E tutti gli altri si misero a ridere, come se fosse stata una cosa
antichissima, dei tempi trapassati. Bastonata la lince? Li
avevo trovati tremanti di paura attorno a un tronco mentre la bestia si avvicinava con aria cattiva... Ero appena arrivato in tempo e l'avevo colpita con un ramo secco sulla schiena, facendola fuggire. Li avevo dunque salvati io,
questa la verità, niente di speciale davvero, ma poi doverli
sentir dire "abbiam bastonata"! Dimenticati si erano, completamente dimenticati. Dimenticati di noi genî, dimenticati della voce del vento, del linguaggio degli uccelli. Pochi mesi erano bastati.

«Poveretti anche loro» continuò il Bernardi «non ne avevano colpa. Avevano finito di essere bambini, non se l'im-
maginavano neppure. Il tempo, c'è poco da dire, era passato anche sopra di loro e non se n'erano affatto accorti.
A quell'età è naturale. A quell'età si guarda avanti, non
si pensa a quello che è stato. Ridevano spensieratamen-
te come se nulla fosse successo, come se tutto un mondo
non si fosse chiuso dietro a loro.

«Rimasero qui poco più di mezz'ora. Chiacchieravano tra
loro senza badare per nulla al bosco. Poi uno disse: "Cosa
stiamo a fare ancora? C'è un umido d'inferno". Se n'andarono come erano venuti. Prima di uscire all'aperto uno di
essi gettò a terra una sigaretta quasi finita, ancora accesa.
Un mio compagno, irritato per il loro contegno, fece per
metterci il piede sopra. "Lascia stare" gli dissi "questa è la
regola della loro vita." E rimanemmo in silenzio a guardare la sottile striscia di fumo, fino a che fu finita.»

31

Benché sia difficilissimo conoscere a fondo le relazioni e gli intrighi dei ragazzi che si raccoglievano a La Spacca, si sa che quell'anno nacque una specie di guerra con un gruppo di altri ragazzi non appartenenti al collegio e abitanti a Fondo. Costoro qualche volta salivano alla capanna al confine del Bosco Vecchio e si ebbero battaglie, con esito incerto.

Vi era così fin dall'inizio dell'estate, nei raduni de La Spacca, una atmosfera tesa di avventura. Gli occhi giravano sempre attorno, spiando tra le ombre dei tronchi. I fruscii tra le piante facevano tenere il respiro e allo scendere della sera tutti parlavano sommesso.

Il 22 giugno i ragazzi riunitisi a La Spacca decisero di fare un'esplorazione nell'interno della selva. Berto aveva sentito dire che gli avversari avevano preso l'abitudine di adunarsi in una piccola radura, a circa 500 metri dalla capanna. Benvenuto, che da parecchi giorni appariva svogliato e stanco, fu pregato di rimanere nella casetta, a fare da sentinella. In caso di incursione nemica, avrebbe dovuto fare per tre volte il verso del cuculo, ciò che gli riusciva assai bene.

Sembra che quell'esplorazione alla piccola radura non fosse che un perfido pretesto, escogitato da Berto, per lasciare Benvenuto solo. Certo tra i due non correva buon sangue. Quel giorno, a quanto pare, Berto aveva ragione di attendere un assalto dei ragazzi di Fondo. Se fossero venuti, avrebbero così trovato Benvenuto solo e gli avrebbero dato una buona lezione. Non vi è dubbio ad ogni modo che Berto non potesse soffrire il giovane Procolo: diceva che si dava arie di superiorità, che la ricchezza lasciatagli dal Morro gli aveva dato alla testa e anche in fondo era un gran vigliacco. Di prove tuttavia non ce ne sono. Niente esclude che Berto non ci entrasse per niente e che tutto fosse dovuto al caso.

I ragazzi del collegio si erano allontanati da poco più di mezz'ora, quando i nemici vennero davvero. Strisciando come serpi sul prato, nascondendosi dietro alle piante e ai cespugli, senza fare il minimo rumore, si avvicinarono a pochi metri dalla casa. Saranno stati otto o nove.

Benvenuto, distesosi su una amaca appesa nell'interno della casetta, si era profondamente addormentato. Era una giornata di sole scialbo, calda ed afosa.

I ragazzi di Fondo non avevano questa volta né bastoni né sassi. Ciascuno stringeva tra le mani un fascio di paglia. Silenziosi come gatti essi circondarono la capanna e vi sparsero attorno la paglia. In tre o quattro poi vi diedero fuoco e si allontanarono rapidamente, internandosi nel Bosco Vecchio.

Le fiamme si alzarono svogliatamente. Sotto alla luce del sole non si vedevano neppure. Ma a poco a poco presero slancio e si attaccarono alla base della capanna. Una densa cortina di fumo si alzò verticalmente verso lo zenit. Benvenuto ancora dormiva.

Qualche uccello che assisteva allo spettacolo pigolava per tristi presentimenti. Qualche vento attratto dalla colonna di fumo giungeva sul posto e tra essi arrivò Matteo.

«Benvenuto, Benvenuto!» finalmente gridò qualcuno dal limite del bosco. I ragazzi del collegio erano tornati e avevano subito sospettato la verità. Qualcuno di essi pensò che fosse stato lui a incendiare la capanna, ma poi si scorse la paglia che bruciava e fu evidente ch'era stato un colpo dei nemici.

«Benvenuto! Benvenuto!» gridavano i compagni disperatamente. Lo scherzo cominciava a puzzare di morte.

Benvenuto finalmente si svegliò. I suoi compagni, attraverso il fumo, lo videro farsi alla porta della capanna con una faccia pallida e addolorata. Benvenuto, senza gridare, rimase un momento appoggiato allo stipite a guardare. Poi mosse verso il bosco, con incredibile lentezza, come se tutto quel fuoco non lo riguardasse per nulla. Avanzò in mezzo al denso fumo, lambito dalle fiamme, stanco ed indifferente.

Alla fine Benvenuto fu fuori. I compagni lo guardarono terrorizzati. Allora il ragazzo fece un riso stentato. «Ho dimenticato il berretto!» gridò con voce opaca. Si voltò, si diresse verso la capanna, tutto con una flemma indicibile, penetrò nel muro di fumo, vi rimase dentro qualche secondo, quindi comparve di nuovo, con in testa il berretto, attraversò per la terza volta le fiamme, facendo qualche colpo di tosse.

«Ma muoviti, fa' presto» gli gridarono i compagni. «Vuoi morire bruciato?»

«Fretta, fretta» rispose Benvenuto (si sentiva come facesse fatica a soffocare il pianto) «perché fretta? Chi c'è ad aspettarmi?»

Non si sa come, egli era rimasto illeso. I suoi compagni, riuniti sotto la prima fila di abeti, si ritrassero indietro istintivamente alcuni centimetri quando Benvenuto passò loro davanti. Tutti (anche Berto) avevano lunghi respiri affannosi, occhi lucidi e grandi.

Sempre con passo lentissimo, il ragazzo entrò dentro al bosco, in direzione della casa di Procolo, dove abitava in occasione delle vacanze. Lo accompagnò solo il vento Matteo, turbinando tra gli alti rami, senza sapere cosa dire.

Avanzatosi per circa duecento metri (i compagni non

lo potevano ormai più sentire), Benvenuto si fermò appoggiandosi a un tronco e cominciò a tossire. Il fumo gli aveva fatto male. Era una tosse pesante che ogni volta costringeva il ragazzo a piegare le spalle. Il vento girava girava e non sapeva che cosa dire.

32

Fosse stato il fumo dell'incendio o altre sconosciute cose, Benvenuto cadde ammalato. Il Procolo fece venire un medico, che trovò qualcosa ai polmoni, giudicò il male preoccupante e prescrisse una medicina. Nel pomeriggio dello stesso giorno il dottore tornò per fare al ragazzo un'iniezione che gli facesse scendere la febbre.

Quella sera pioveva. Il colonnello accompagnò il medico fino alla porta. La giornata era finita. Dal bosco tutto attorno uscivano spesse le tenebre stringendosi intorno alla casa. Il dottore, uscito all'aperto, si guardò attorno diffidente.

«Un posto umido questo» notò scuotendo il capo.

«Sì» confermò il Procolo «effettivamente è un po' umido. E come va il ragazzo?»

Il dottore era già salito al volante. «Quel ragazzo» rispose pensieroso «quel ragazzo, bah, speriamo bene.» La macchina si mosse verso la valle, con i fari accesi. Nel buio, il volto del colonnello, rimasto fermo sulla soglia, era impenetrabile.

Alle 22 Benvenuto giaceva assopito dalla febbre. Sulla lampadina Vettore aveva messo una carta azzurra per attenuare la luce. Sulla casa era una grande calma, si udiva solo, vaga e lontana, la eterna voce della foresta nel suo potente respiro. Ma a quell'ora nella stanza di Benvenuto ebbe inizio un secco rumore, come di una bestia che rodesse nel soffitto, proprio sopra il letto del ragazzo. Benvenuto guardò attentamente ma non vide che le quattro solite travi nude che reggevano l'impiantito.

«È un topo» disse Vettore che stava seduto in un angolo.

«Chiamami lo zio un momento» pregò il ragazzo con debole voce. Vettore andò a chiamarlo.

«Dovresti cercar di dormire a quest'ora, se vuoi che ti passi la febbre» disse il Procolo, appena entrato nella stanza.

«Zio, c'è un topo che lavora, sentilo» fece Benvenuto «è lui che non mi lascia dormire.»

Il colonnello ascoltò, ma non si udiva più nulla. Il topo si era fermato.

«Non sento niente» disse il Procolo «qui non ci sono topi. È la febbre, ecco cos'è, dovresti proprio dormire.»

Il colonnello uscì chiudendo piano la porta. Allora il topo ricominciò a rodere facendo un secco crepitìo.

«Zio!» chiamò Benvenuto, con la voce che aveva. «Zio, ritorna un momento.» Ma il colonnello non gli rispose.

Più tardi il ragazzo cadde in un fondo sopore e Vettore se n'andò a dormire. Il colonnello rimase però alzato nello studio.

Poco prima di mezzanotte si udì un inesplicabile segnale della gazza e cinque minuti dopo ecco qualcuno, toc toc, battere alla porta d'ingresso.

Il colonnello scese al pianterreno con in mano una lampadina elettrica e rimase un po' titubante dietro alla porta, stringendo la maniglia. Poi si decise ad aprire.

Erano cinque incubi. Uno aveva una immensa testa gelatinosa che pareva ad ogni istante sciogliersi, formando orribili facce. Un altro portava sul collo una testa di vitello spellata come quelle che sono appese nelle macellerie.

Il terzo aveva un volto umano, tutto tagliato da rughe, chiuso in una fissa ebetudine. Gli altri due non avevano propriamente testa e fluttuavano mutando continuamente forma.

Il colonnello aveva appena fatto in tempo a socchiudere la porta che i visitatori scivolarono dentro, avviandosi verso la scala.

«Cos'è questo? chi siete?» chiese seccamente il Procolo per nulla spaventato.

«Sss!» bisbigliò il primo degli incubi, quello con la testa gelatinosa, facendo con una specie di mano cenno di tacere «siamo gli incubi, per il ragazzo ammalato.»

Il colonnello non parve stupirsi e facendo strada con la lampadina elettrica precedette le cinque parvenze fin sulla soglia della camera di Benvenuto. Aperto l'uscio, le fece andar dentro. Poi chiuse la porta e vi rimase addossato ad ascoltare.

Gli incubi si misero intorno al letto di Benvenuto, agitando i loro arti superiori. Alla luce del piccolo lume a cera, acceso sul comodino, producevano sulle pareti immense ombre d'allucinazione. Ma il ragazzo era immerso nel torpore.

Dopo aver atteso invano per qualche minuto che dall'interno giungesse alcuna voce, il Procolo discese a pianterreno e, spenta la lampadina, cominciò ad aggirarsi nervosamente per la radura.

Ben presto la sua attenzione fu attratta da uno strano gridìo di uccelli proveniente da un gruppo d'abeti al limite della spianata. Incuriosito, si avvicinò e alla povera luce delle stelle riconobbe di aver raggiunto una specie di caratteristica rotonda naturale, dove il Morro aveva un tempo fatto costruire una panca di legno, ormai completamente marcita.

A giudicar dalla intensità del clamore una ventina di grossi uccelli dovevano essere appollaiati sugli alberi circostanti. E il colonnello, dal timbro delle voci, giudicò trattarsi di cornacchie, merli, gufi e gazze, almeno nella maggioranza.

Il confuso gridìo lentamente andò attenuandosi fino a che si fece silenzio. Allora si udì la voce di un gufo, straordinariamente solenne.

«Se ad ogni momento gridate così» rimproverò l'uccello «sarò costretto a interrompere anche stavolta la seduta e così non sarà mai finita.» Poi fece una lunga pausa e riprese: «Abbiate pazienza, ancora pochi minuti. Dopo l'interrogatorio dell'ultimo testimone, potremo finalmente chiudere questo processo».

«Dunque tu» soggiunse il gufo rivolgendosi evidentemente ad un essere determinato «dunque tu hai detto che la misurazione con la stadia telemetrica non era che un pretesto delittuoso?»

«Ecco che continui a fraintendermi» rispose la voce piagnucolosa di un uccello che il Procolo non fu in grado di riconoscere. «Perché volete farmi dire quello che non ho detto? Avevo dichiarato solo questo: che la misurazione fatta dal Procolo mi appariva inspiegabile. E se poi...»

«Basta così» interruppe in tono autoritario il gufo che evidentemente presiedeva l'assemblea. «Ti appariva inspiegabile per una sola ragione: che non poteva avere spiegazione alcuna. Che cosa poteva importare al Procolo di sapere la distanza tra due alberi nel cuore del bosco e per di più presi a casaccio? Bisogna essere ciechi, dico io, per...»

«Era una prova» intervenne allora un uccello estraneo all'interrogatorio (con sommo stupore il colonnello riconobbe subito la voce della nuova gazza guardiana). «Era una semplice prova del binocolo che il signor Procolo adoperava per la prima volta! Se, per ipotesi assurda, egli avesse voluto effettivamente abbandonare il bambino, che bisogno aveva di ricorrere a un così stupido pretesto? Bisogna essere maligni, dico io, per...»

«Prima di tutto non ti permetto di farmi il verso» scattò inviperito il gufo (si udì che egli scuoteva con furia le penne) «e poi tralascia pure quel "signore" quando parli di un uomo come il Procolo. In terzo luogo la tua difesa è puerile, per non dire qualcosa di peggio, come tutte le altre scuse che hai cercato di trovare.»

A questo punto il gufo tirò un lungo fiato, quindi riprese con intonazione gravissima: «Così, signori, questo processo è finito e tutto è stato fatto con scrupolosa coscienza. Ebbene» continuò dopo una pausa «salvo pochi insignificanti particolari, le 152 testimonianze sono state concordi: e ci autorizzano ad affermare che la misurazione con la stadia non fu che un subdolo pretesto, ripeto subdolo, per abbandonare il ragazzo solo».

«E perché dunque» proseguì in tono ancor più autoritario il gufo «perché dunque il Procolo volle abbandonare il ragazzo? Per lasciarlo più tranquillo? Perché avesse agio di giocare? Perché meditasse in solitudine? No. Per quanti sforzi si facciano, è impossibile trovare spiegazioni oneste. E perciò condanniamo il Procolo: il ragazzo fu abbandonato perché morisse di fame!»

Voci confuse tutt'intorno sottolinearono la frase e si udì un lungo tramestìo sui rami. Il colonnello ascoltava, immobile, appoggiato ad un tronco. Prima che il gufo facesse in tempo a riprendere la parola, la gazza guardiana osò intervenire ancora:

«Mi dispiace di essere venuta a queste riunioni solo negli ultimi tempi. Senò avrei ben trovato il modo di far cessare questo ebete processo. Che senso può avere un giudizio simile? Cosa v'importa di quello che fa il...»

Un silenzio da cimitero accolse le parole della gazza la quale si interruppe, suo malgrado, interdetta. Poi il gufo disse severamente:

«Mi stupisco della tua meraviglia. Se animali diurni, come parecchi dei presenti, lasciano il nido per passare la notte qui a discutere, ci deve ben essere una ragione seria. Tutti sappiamo che una sentenza di condanna non potrà mai essere eseguita; disgraziatamente finora non possiamo esercitare sugli uomini coercizioni di sorta. Non ci facciamo illusioni. Ma l'onore del Bosco Vecchio ci sta a cuore, e nel nostro giudizio c'è molto più costrutto che tu non creda. Processi come questo succedono molto di raro, eppur non pensare che si facciano per niente. Qualcosa della condanna rimarrà bene, e, chissà, forse farà sentire il suo peso a lunghissima scadenza.

«Del resto» aggiunse il gufo con timbro sepolcrale «il nostro giudizio, direttamente o indirettamente, potrebbe ben arrivare alle orecchie del Procolo. Non mi meraviglierei anzi se lui stesso avesse udito le nostre parole, nascosto dietro uno di questi alberi. La cosa però non c'interessa.» Qui tacque e fece un sospirone. «Signori, la seduta è finita.»

Nel buio un gran battere d'ali si dipartì dagli alberi, allontanandosi in tutte le direzioni. Per qualche minuto piccoli stecchi smossi dagli uccelli caddero al suolo sempre più radi finché si rifece silenzio. Allora il Procolo si incamminò verso la casa.

33

Appena fu tornato alla casa, il colonnello si ritirò nel suo studio, accese la lampada e si sedette alla scrivania. (Giungeva a lui attraverso i muri il rosicchìo lento del topo.)

Qualcuno allora chiamò sottovoce alle sue spalle: «Procolo, colonnello».

Era una voce opaca ma ferma con risonanze misteriose.

«Cosa c'è?» domandò il colonnello volgendosi di scatto; e non vedendo nessuno comprese ch'era stata la sua ombra, un'ombra deforme che si innalzava fino al soffitto.

«Colonnello!» disse l'ombra «io ti ho seguito fin da quando eri bambino, non ti ho mai lasciato neppure quando dormivi, ho fatto con te lunghe marce, ho cavalcato vicino a te al galoppo. Anche quando tu non ci pensavi nemmeno, io ti accompagnavo fedelmente. Mi alzavo se tu volevi alzarti, ho fatto sempre il tuo desiderio, e dimmi se mi sono mai lamentata. Un giorno poi tu hai lasciato la divisa; e mi dispiaceva, sai, di non portar più quella sciabola che dondolava attaccata al mio fianco... Eppure ho obbedito in silenzio. Ti ricordi, Procolo, non è vero?»

«Sarà anche» fece il colonnello «ma cosa vuol dire tutto questo? Dove vuoi andare a finire?»

«Hai ragione» sussurrò l'ombra «è meglio parlar chiaro: volevo dirti che ti devo lasciare.»

«Lasciarmi? Cosa hai detto?»

«Ti devo lasciare» ripeté l'ombra «devo andarmene via, perché ti sei disonorato.»

«Disonorato?» scattò il colonnello. «Vuoi dir forse per il processo nel bosco? È mai possibile che tu prenda sul serio una simile commedia?»

«Che siano stati uccelli o uomini a noi ombre poco importa» spiegò l'ombra «il processo è finito con la tua condanna. Può anche darsi che noi siamo un po' formaliste, ma credimi, non son cose da scherzare. Io sono l'ombra del colonnello Procolo, e così voglio ancora restare. Sono rimasta la stessa d'una volta, e tu invece sei molto mutato. Siamo troppo diversi, oramai, per poter continuare insieme. Dispiace anche a me, credimi, son 56 anni che siamo uniti; è tutta una vita, si può dire; non è facile dimenticare. Ma adesso è finita.»

Il Procolo non disse nulla.

«Tornerò alla vecchia caserma, lo sai?» proseguì l'ombra dopo qualche istante di silenzio. «Ritroverò il nostro antico reggimento, sembrano tempi tanto lontani. Dovrò rintanarmi in un angolo buio, e andrò in giro soltanto di notte perché nessuno mi veda. Sì, avrei vergogna che mi domandassero: "Ombra, ohi, ombra, dov'è il tuo padrone? dove è rimasto il signor colonnello?". Il signor colonnello è finito, dovrei rispondere, ecco quello che dovrei rispondere, la sua sciabola l'ha mangiata la ruggine e di lui è meglio tacere.

«Giuro che mi dispiace lasciarti solo» disse ancora l'ombra «però la colpa è anche tua. Lascialo dire a me che ti conosco: Procolo, ti sei fatto sempre nemico il mondo, non c'è un cane che ti aiuterebbe, ti sei scavato il vuoto attorno, hai seminato dovunque il gelo...»

«Taci!» proruppe il colonnello. «Nessuno ha mai osato parlarmi così. Se vuoi lasciarmi, allora vattene, senza più importunarmi.»

L'ombra infatti se n'andò. Il Procolo, che non lo credeva possibile, non si curò di guardare. Quando finalmente si voltò, l'ombra era ormai scomparsa e la luce passava
attraverso il suo corpo come se fosse stato di vetro.

Balzò in piedi di scatto, si guardò attorno con inquietudine, balbettò alcune monche parole. Poi corse verso la
porta, uscì come cercando una cosa, con in mano la lampadina tascabile. «Aspetta! Aspetta!» chiamava con una voce
rauca. Vide sugli ultimi gradini la sua ombra che scendeva, con alta dignità militaresca, stendendosi lungo i muri:
un lungo sciabolone le pendeva al fianco.

Era troppo tardi per raggiungerla. Il Procolo la vide var-
care la soglia e, lasciata spalancata la porta, confonder-
si con la notte.

Egli allora raggiunse la più vicina finestra, aprì i vetri
e gridò nel buio:

«Torna a chiudere almeno la porta!» Ma naturalmente
l'ombra continuò il suo cammino.

Colto dalla stanchezza, il colonnello si appoggiò al
davanzale, si passò una mano sulla fronte, gli occhi fissi per terra; egli sentì tutt'intorno il greve silenzio della vecchia casa, carico di enigmatiche risonanze, lasciò
passare adagio il tempo, il tempo meraviglioso che s'in-
grandisce d'ora in ora, inghiottendo senza pausa la vita,
e accumula con pazienza gli anni, diventando sempre
più immenso.

In quel mentre Benvenuto si svegliò dal torpore. Aperti
lentamente gli occhi, rimase un istante quasi istupidito,
scorgendo le cinque orrende parvenze che si affollavano
attorno al suo letto. Poi si sollevò con fatica a sedere, puntellandosi con le braccia. Gli incubi si agitarono, assunsero
le pose più orrende, sfoggiando tutte le loro astuzie pro-
fessionali. Il topo interruppe il lavoro.

«Ecco chi viene a trovarmi» disse testualmente Benvenuto, ansimando penosamente. «Non vi siete fatti aspettare... La prima volta, tre anni fa, m'avete fatto paura, ma adesso, rinunziate pure. Molte cose sono cambiate da allora. Potete lasciarmi in pace... Tu, odioso vitellaccio, mi ricordo, volevi morsicarmi alla schiena, poi è venuta la luce dell'alba e sei stato tu ad avere paura... Andatevene, sono malato, dovreste vergognarvi... provate, se avete il coraggio, da mio zio Sebastiano, andate di là nella sua stanza... ma lasciatemi respirare!... tiratevi via, vi dico! non avrò paura lo stesso! Vigliacchi, perché son ammalato.»

Proprio allora si spalancò la porta. Apparve il colonnello Procolo pallido come un lenzuolo. I suoi sguardi eran cambiati, la bocca aveva una piega diversa, anche le rughe pareva che formassero nuovi disegni.

Non era più il colonnello di un mese prima, non era neppure quello che si era visto, alle 21, sulla radura. Rimase qualche istante rigido fissando il bambino, poi fece un gesto rabbioso rivolto agli incubi.

«Fuori, perdio, fuori!» urlò con voce tagliente. «Fuori di qua, canaglie!»

Aspettò che fossero usciti dalla camera, quindi spranggò l'uscio e li accompagnò alla porta di casa.

«Fuori di qui, fuori presto!» ripeté spalancando i battenti.

Gli incubi sdrucciolarono nella notte.

Con la piccola lampada in mano, il Procolo restò qualche istante fermo, quasi per riposarsi un poco. Vi furono tre minuti di silenzio. Quindi nella casa crepitò di nuovo il rosicchiare del topo.

Il colonnello trasalì visibilmente. Facendosi luce con la lampadina, in grandissima precipitazione, come se qualcuno gli corresse dietro, entrò in uno sgabuzzino pieno di vecchi arnesi, prese un grosso martello, salì la scala a due gradini per volta. Giunse così alla soffitta,

sopra alla stanza di Benvenuto. Era un andito rettango-
lare, completamente vuoto. Il colonnello chiuse dietro
a sé la porta.

Il cono di luce della lampadina girò velocemente sul pavimento fino a che si fermò alla base di una parete, dove il
tavolato presentava un largo foro. Là c'era il topo zoppo,
quello conosciuto dal ragazzo, intento a rodere un trave.
Come riconobbe il colonnello, l'animale sospese il lavoro.

«Eccomi qui, come ti avevo annunciato» disse, «fra poco
il trave sarà tutto segato e precipiterà. Ho preso bene le
misure. Piomberà proprio in mezzo al letto, dritto sulla
sua testa.»

Si udì il respiro del colonnello nel buio, un respiro agita-
to e collerico. Poi uscì la sua voce, gonfia d'ira, in un tono
minore, simile a un rumor di catene.

«Basta con questo inferno!» gemette. «Misericordia di
Dio! E c'è quello là da basso che muore! Adesso, bestia, ti
accoppo, voglio finirla con questa storia.»

«Ma sei tu che mi avevi lasciato...» balbettò il topo bal-
zando fuori dal buco e schizzando via per la stanza.

«Ah, son io che ti ho lasciato?» sbeffeggiò il colonnello e, chinatosi repentinamente, vibrò una martellata contro il topo, con impeto furibondo, schiacciandogli il cra-
nio come una noce. Il colpo rimbombò per tutta la casa.

I pavimenti, i mobili, il tetto, le finestre, le assi della scala, persino la legna da ardere ammucchiata in cucina, scricchiolarono lungamente.

34

Benvenuto il giorno dopo andò aggravandosi. Il dottore, venuto due volte, alla sera lasciò capire che oramai la scienza aveva poco da fare.

Il colonnello non si trattenne che pochi minuti, a diverse riprese, nella camera del malato. Per il resto se ne stette rinchiuso nello studio, immobile nella sua poltrona, con un libro in mano, cercando di leggere.

Alla sera Benvenuto entrò in un torpore atono e greve. Fuori pioveva. Il Procolo, dopo cena, si ritirò ancora nello studio, accese la lampada sulla scrivania e rimase seduto senza produrre col suo corpo la più pallida ombra.

Per circa due ore il colonnello non si mosse d'un millimetro. Solo il suo petto andava lentamente in su e giù, facendo scricchiolare la camicia inamidata.

Improvvisamente, verso le 22,30, il Procolo balzò in piedi come per un'idea subitanea. Sceso al pianterreno, uscì all'aperto e chiamò due tre volte Matteo. Come il vento non gli rispose, il colonnello parve rassicurato e corse a prendere l'impermeabile.

Nella fonda notte, senza far uso della lampadina, probabilmente per non rivelare che l'ombra l'aveva abbandonato, il Procolo andò al Bosco Vecchio, per cercare il Bernardi. Appena egli fu giunto al confine dell'antica selva, il Bernardi sbucò fuori d'incanto.

«Cerchi di me, colonnello?» domandò il genio.

«Benvenuto sta per morire» disse il colonnello. «Mi è venuto in mente: voi genî non potreste fare qualcosa? Non avreste forse qualche rimedio?»

«Secondo» rispose il Bernardi. «Gli uomini alle volte muoiono perché "devono" morire; ci sono delle leggi che non si possono spezzare. Ma se è come dici... capisco... è un bambino... Sì, noi genî al proposito sappiamo qualcosa, un resto della nostra antica potenza. Sì, noi potremmo provare...»

«E allora provate, perdio» interruppe il colonnello.

«Adagio, e tu cosa ci dai?»

«Che cosa vi do? Domanda.»

«Vogliamo che tu ci lasci stare» rispose il genio dopo una pausa «questo vogliamo, semplicemente. Che tu non ci tagli neppure un ramo e, soprattutto, che ci sia tolta quell'orribile schiavitù della raccolta della legna.»

«E allora a che mi serve il bosco? Tutte queste piante non mi devon render più niente? Il sapermi proprietario e basta, questa l'unica soddisfazione?»

«Sei tu che hai domandato, ricordati» fece pacato il Bernardi.

I due stettero così muti nel buio, l'uno di fronte all'altro, sotto allo sgocciolìo della pioggia. Fu il Bernardi a rompere il silenzio.

«Colonnello Procolo, vorrei andare. Che cosa hai dunque deciso?»

«Lo sai anche tu cosa ho deciso» mormorò l'altro guardando da una parte. «Ecco qua la mia parola» e tese la mano al Bernardi. Poi se n'andò, un po' curvo, ritornando verso la casa.

Camminò per un centinaio di metri. Quindi guardò attorno con sospetto e, come fu certo che Bernardi non lo poteva più scorgere, accese la lampadina rivolgendola verso se stesso. Allora con straordinaria lentezza, come se rischiasse con la fretta di compromettere un prezioso incanto, girò il capo per guardarsi alle spalle.

Il colonnello vide che la sua ombra era tornata. Sì, era proprio la sua, non vi potevano essere dubbi, era la solita ben nota ombra di Sebastiano Procolo. Essa si innestava con precisione ai suoi piedi, aderiva regolarmente al suolo.

Il colonnello la guardò con gli occhi luccicanti, ma per non darle soddisfazione represse il sorriso che gli era salito alle labbra, spense la luce e riprese il cammino.

Fino a qui è storia provata. Che cosa abbiano fatto poi i genî per guarire Benvenuto, questo è un assoluto mistero. Né lui, né noi, né alcun altro probabilmente potrà saperlo mai.

35

Quando ancora Benvenuto era ammalato, il piccolo autocarro portò via l'ultima provvista di legna accumulata
dai genî alla soglia del Bosco Vecchio. Da quel giorno il
posto rimase vuoto. La potestà di Sebastiano Procolo sui
genî della selva era finita. Anche giù nella valle, dove
tanto avevano mormorato, si intuì che le cose non andavano più come prima. La sinistra rinomanza dell'ufficiale, che molti avevano creduto fornito di occulti poteri, si affievolì nell'indifferenza. All'inizio dell'inverno,
giù a Fondo, ci si era quasi dimenticati del padrone del
Bosco Vecchio. Pareva che il Procolo fosse già un essere incerto, vissuto in tempi lontani. Non usciva più dal
suo nome, pronunciato in pubblico, quell'alone di timore e di gelo. Fino allora la gente aveva preferito parlarne
poco (non si sa mai, dicevano, un uomo simile cosa sia
capace di fare), ma appunto per questo a lui si pensava
sovente, specialmente nelle ore crepuscolari. Adesso invece c'era qualcuno che sul conto del Procolo osava persino celiare o lo descriveva pubblicamente per un uomo
presuntuoso e malvagio.

Può darsi che di tutto questo il Procolo avesse coscienza (in diverse altre occasioni egli aveva dato prova di sen-

sibilità non comune). Si sa comunque che dopo la malattia di Benvenuto le passeggiate del colonnello nel Bosco Vecchio si fecero sempre più frequenti.

Nella selva non si respirava più l'atmosfera di prima; non perché non si vedessero più i genî in forma di uomini e di bestie, o perché il Bernardi fosse diventato introvabile. Un elemento indefinibile era venuto a mancare. Tutta una vita che una volta fermentava nell'aria si era rinchiusa nell'interno dei tronchi. Raggiunta finalmente la pace, i genî se ne stavano nel corpo degli abeti a fare il conto degli anni. E il colonnello girava senza posa, cercando intorno a sé con gli sguardi, come l'ultimo giorno da lui passato in caserma, prima di lasciare il suo reggimento, quando egli aveva ripetutamente ispezionato le camerate, sentendo come quelle cose non fossero più sue, come la sua autorità, pazientemente costruita con fatiche di anni, fosse d'un tratto svanita, come i soldati che ancor ieri tremavano per un suo sguardo, l'indomani l'avrebbero considerato un loro pari e forse non l'avrebbero nemmeno salutato per strada.

Gli immensi abeti, piante imperiali cementate dai secoli, esilissimi fusti che non si capiva come potessero stare in piedi, le ombre, il rumore dei rami, i sentieri appena tracciati, le voci degli uccelli, l'odor di resina e di terra buona, le lontane inesplicabili grida che vagavano durante il giorno per i luoghi deserti, persino il maestoso silenzio, tutto questo il colonnello sentiva che non era più suo come prima. Egli passava come uno straniero, proprietario solamente teorico, che non poteva toccare le sue ricchezze, mentre una volta di là passava come padrone, anche se odiato e maledetto.

I suoi sguardi scorrevano su e giù lungo i fusti senza misura, dalla zona di immobile ombra alle vette perse nel cielo e sempre agitate dal vento. Qualche volta, in qualche recesso fondo, dopo essersi guardato in giro con sospetto, egli chiamava: «Bernardi! Bernardi!». Avrebbe voluto almeno parlargli, saper qualcosa ancora dei genî improvvisamente scomparsi. Ma nessuno gli rispondeva. Solo il fruscìo delle cime s'udiva, simile al gemito della risacca.

36

Così giunse l'inverno 1926. Benvenuto, tornato al collegio, riprese gli sci e nelle ore libere andava nella sua valletta a esercitarsi. Spesso ci veniva anche Matteo il vento.

Gli sci cominciarono a obbedire, a poco a poco si fecero docili, trovavano la strada anche nella neve fonda. Un giorno Benvenuto comparve, piccolo piccolo, in cima a una lunga discesa battuta dai compagni più bravi. Gli altri ragazzi erano nel piano sottostante e lo guardavano spauriti. Benvenuto si lasciò andare giù a precipizio, rannicchiato a filo di neve, con gli occhi socchiusi. Sulla pista gelata gli sci sbatacchiavano gemendo tatatac tatatac e dimenandosi irrequieti.

Il piccolo Procolo era lanciato al massimo, gli occhi si riempivano di lacrime per il vento, l'aria fischiava nelle orecchie, gli alberi scappavan via dalle parti, il cuore batteva fondo, frenare era ormai impossibile. I compagni lo videro passare in mezzo a loro, lasciando dietro a sé una striscetta di fumo rilucente che si scomponeva in tanti bizzarri genietti con pochi secondi di vita. Passò in mezzo a loro come un fulmine, attraversò, con il grande slancio, tutto il piano e si tuffò ancora giù in mezzo agli alberi, da cui si sollevarono protestando una ventina di corvi.

«Benvenuto! Benvenuto!» gli gridarono i compagni più forti e gli corsero dietro ridendo perché ormai egli era uno di loro.

Un giorno dopo l'altro, l'anno accennava a voler morire. Alla casa del Bosco Vecchio le ore passavano piuttosto lente, specialmente alla sera, tanto più che il Procolo non riusciva a sopportare lungamente la voce della radio.

«Dovrebbe andar giù a Fondo qualche volta, signor colonnello, troverebbe compagnia» diceva Vettore al Procolo.

Ma il colonnello non si muoveva e nessuno veniva a trovarlo, tranne l'Aiuti, due volte alla settimana, per riferirgli sull'amministrazione dei boschi del nipote; Benvenuto, la domenica mattina, per un breve scarno saluto; la gazza, di tanto in tanto, per riferirgli le novità, e il vento Matteo ogni sera alle 17, per prendere ordini che non c'erano.

Con Matteo il Procolo si mostrava assai riservato; non gli aveva mai fatto cenno della perduta potestà sopra i genî del Bosco Vecchio e tanto meno della ragione di questo. Dicono che l'uno e l'altro, il vento e il colonnello, evitassero di parlare di Benvenuto. Tutti e due un giorno avevano tentato di far morire il ragazzo, tutti e due da allora erano molto cambiati, eppure cercavano di apparire ancora duri come un tempo, corazzati contro i sentimenti pietosi. Forse pensavano di conservare così lo spirito della giovinezza guerriera, ingannandosi a vicenda. Ogni volta che si incontravano, ciascuno temeva che l'altro cominciasse a discorrere di Benvenuto: e finivano perciò a tacerne sempre.

Maggior confidenza se pur la parola può adoperarsi per un uomo simile, Sebastiano Procolo manifestava alla gazza: «Sì, lo riconosco, tu in fondo non hai mai avuto pretese, m'hai risparmiato scenate per la morte di tuo fratello» ebbe più volte occasione di dirle il colonnello «riconosco che non hai mai avuto per la testa poesie o simili stupidaggini e che il servizio l'hai fatto, se non bene, almeno con buona volontà». Certo egli avrebbe voluto aggiungere: «... e mi ricorderò fin che avrò vita come tu mi hai difeso al processo, senza che nessuno te l'avesse chiesto». Ma non lo diceva per la vergogna.

Quando veniva a riferire le novità, la gazza si accomodava sopra la lampada della scrivania e il colonnello, sprofondato nella poltrona, se ne stava immobile ad ascoltarla.

Spesso l'uccello, che era curioso e non aveva mai capito bene quali sentimenti covasse in petto il Procolo, si divertiva a parlare di Benvenuto. Raccontava come si fosse fatto più forte e corresse sugli sci al pari dei suoi compagni. Una volta, facendo una terribile confusione, la gazza narrò l'episodio degli incubi, dicendo che Benvenuto era stato da essi sorpreso una sera che si era addormentato nel bosco, e che era riuscito a chiuderne uno nel sacco da montagna. Non è escluso però che l'animale deformasse apposta la storia, per provocare il colonnello e ottenere da lui qualche confidenza.

Il Procolo, invece, non fece obiezioni, limitandosi ad osservare due volte, nel corso del racconto: «Curioso... veramente curioso».

La gazza del resto faceva in genere delle relazioni noiosissime. Specialmente nei mesi freddi, quando i ragazzi erano quasi sempre chiusi in collegio, si dilungava a descrivere la frattura di un ramo d'abete, le incursioni delle volpi nelle fattorie del fondovalle, la morte d'una lepre sepolta da una slavina, la comparsa di una nuova eco in un angolo di montagna. Nella maggioranza dei casi, l'uccello non faceva che riferire il "Bollettino segnalazioni" divulgato a cura del vento Evaristo: notizie che potevano ben poco interessare il Procolo. Ma il colonnello ascoltava ascoltava, forse voleva sfruttare al massimo quell'unica possibile compagnia, vedendo delinearsi la tristezza delle interminabili sere.

37

Poi che il sole del 31 dicembre fu tramontato, gli uomini si posero ad aspettare l'anno nuovo. Anche quella sera il colonnello Sebastiano Procolo era solo (prima del tramonto Benvenuto era venuto in sci dal collegio per fargli gli auguri prescritti ma s'era fermato per pochi minuti).

Dopo cena il colonnello si ritirò nello studio e accese la radio. Vettore, in sala da pranzo, preparò una bottiglia di moscato spumante e un bicchiere a calice affinché a mezzanotte il padrone potesse brindare all'anno nascente. Poi si sedette in cucina addormentandosi accanto al fuoco.

Potevano essere le 21 quando Matteo soffiò alla finestra del Procolo. Il colonnello non aprì, ché sarebbe entrato un freddo d'inferno, ma prese un pesante tabarro e uscì davanti alla casa sotto la luce della luna nascente.

«Colonnello» fece Matteo «ti porto per l'anno nuovo un grande regalo, una magnifica notizia.»

«Fa' presto» osservò il colonnello «perché stanotte fa freddo.»

«Sarai molto contento: Benvenuto...» ma qui la voce s'ingarbugliò e non si capiva più niente.

«Benvenuto?... cosa è successo?»

«È caduta una slavina...» riprese dopo poco il vento «e lui è rimasto sepolto.»

Il colonnello rimase immobile.

«Sei sicuro? dove è successo?» domandò con voce spenta.

«Nella valletta del Lentaccio, al confine del Bosco Vecchio, mentre scendeva in sci di costa, quando era già venuta la notte.»

«Matteo, non fai degli scherzi?»

«Nessuno ancora lo sa, i suoi compagni non si sono accorti, nessuno verrà a saperlo prima della primavera.»

«Nella valletta del Lentaccio? Ma in che punto è successo?»

«Quasi in cima» fece Matteo «in un canalone laterale. A dirmelo è stato un corvo che aveva assistito alla scena, ma il segno della slavina l'ho visto poco fa anch'io, dev'esser stata una bella frana. Benvenuto era rimasto a sciare mentre i compagni erano già rientrati.»

«E nessuno è andato in suo soccorso?»

«Nessuno, puoi stare tranquillo. Ma adesso ti lascio, colonnello. Questa volta almeno sarai contento.»

«Già» mormorò il Procolo «hai perfettamente ragione.» Aspettò che Matteo si fosse allontanato e rientrò nella casa, al caldo.

Vettore continuava a dormire vicino al fuoco e il colonnello entrò nella rimessa, dove c'era ancora il calesse del Morro e si trovavano ammucchiati diversi vecchi arnesi. Il Procolo prese un badile, lo soppesò tra le mani e uscì nuovamente nella notte.

Sotto la luce della luna Sebastiano Procolo attraversò diagonalmente la radura. Rimasero nella neve le fonde tracce dei suoi stivali, una sottile striscia di colore azzurro scuro.

Siccome la neve era alta, il colonnello camminava adagio, portandosi su una spalla il badile. Nessuno avrebbe potuto riconoscerlo da lontano, così arrancante faticosamente, lui, Sebastiano Procolo, avvezzo a lunghi passi secchi e marziali.

Il colonnello si addentrò tra le piante, discendendo obliquamente verso il fondo valle. Gli abeti erano radi in quella zona e ci si vedeva ancora bene. Finalmente egli giunse alla valletta del Lentaccio. Su di un fianco, in un largo canalone nudo di piante, si distingueva perfettamente la traccia di una recente slavina, scivolata giù dalla montagna. Il posto era silenzioso e deserto.

A passi agitati il colonnello raggiunse la slavina. E, per quanto possa apparire incredibile, si dice che allora egli si sia voltato attorno, come per cercare qualcuno che l'aiutasse, lui, Sebastiano Procolo.

Egli cominciò a sondare la neve, con il manico del badile, per trovare il corpo di Benvenuto. La massa della slavina era lunga forse 150 metri e il colonnello impiegò lungo tempo nel lavoro. Ogni tanto gli pareva di aver incontrato qualcosa di duro, si metteva a scavare affannosamente, fin che si accorgeva di essersi sbagliato.

Chissà da dove venuto, verso le 22,15, un piccolo vento rabbioso, sconosciuto in quella vallata, cominciò a strisciare nel canalone facendo tormenta. Fino a circa un metro e mezzo da terra la neve si mise a turbinare, scintillando sotto la luna.

Il tabarro del colonnello non bastava. Il Procolo sentiva la neve diaccia penetrargli anche dentro la giubba, gli occhi non si potevano tenere aperti, le mani, nonostante i guanti, si raggelavano. Ma egli continuò lo stesso, scavando qua e là col badile, senza trovare la minima traccia.

Forse quel vento ci prese gusto, la tormenta si fece sempre più violenta. In alto era tutto sereno, la luna proseguiva il suo consueto viaggio.

La burrasca era veramente fortissima ma il colonnello non lasciò le ricerche. Pareva che avesse persa la calma, nel terrore di non fare in tempo; provava a scavare da una parte, dopo tre o quattro badilate tentava in un altro posto, ritornava al punto di prima, poi iniziava lo scavo in una terza zona. Tra le ampie pieghe del tabarro, che svolazzava spaventato, la tormenta faceva un opaco fischio.

Dài e dài, i movimenti del colonnello si fecero man mano più lenti, mentre il vento alzava la voce. Ad un tratto egli addirittura si fermò, stanco, sostenendosi al badile. Per la prima volta dopo cinquantasei anni la sua schiena era un po' curva.

Finalmente egli si trasse in disparte, ritirandosi su un fianco del canalone, e appoggiandosi a un tronco d'abete. La tormenta gli si fece attorno, turbinò a lungo sotto la pianta, ammucchiò neve su neve, sommergendo in pochi minuti gli stivali del colonnello.

Nell'attesa che la tormenta finisse, il Procolo se ne stette diritto tenendo con la sinistra il badile. La bufera gli aveva scomposto i mustacchi che ora pendevano ai lati della bocca, sebbene di tanto in tanto, tra le raffiche del vento, egli cercasse di rimetterli a posto. Ma ben presto rinunciò anche a questi tentativi.

38

Pare sia stata una lepre a diffondere, verso le 23,55, la notizia per la foresta: «Il colonnello sta per morire». La voce si propagò come per incanto, raggiunse i confini del Bosco Vecchio, discese fino in fondo alla valle, si addentrò nelle praterie disabitate, toccò la cresta delle montagne.

Gli uccelli, ridestati nel sonno, bisbigliarono parole incredule e rimisero la testa sotto l'ala. Ma la notizia divenne insistente, ripetuta dagli scoiattoli, dalle volpi, dalle marmotte e da molti altri animali, svegliati di colpo dal letargo. Gli stessi venti la ripeterono, i venti che si eran proposti di lasciare in pace le selve per l'inizio dell'anno nuovo. Evaristo in persona, interrotto il riposo, andò in giro a dare l'annunzio.

Così, nella valletta del Lentaccio, al limite degli abeti, si raccolsero le bestie della selva, che per l'occasione pareva avessero fatto un armistizio. Perfino un vecchissimo orso, si dice, l'ultimo superstite di una stirpe, comparve tra le ombre dei tronchi, curioso anche lui di vedere come il Procolo facesse a morire. E gli alberi circostanti furono pieni zeppi di uccelli che si contendevano a rabbiose beccate i migliori posti d'osservazione. Infine giunsero anche i genî del Bosco Vecchio; non tutti, ché non ci sarebbe stato posto abbastanza. Saranno stati tre o quattrocento e forse tra essi c'era il Bernardi. Anche loro si fermarono tra le piante, affinché il colonnello non li scorgesse.

Tuttavia, come sempre succede, qualche lepre, qualche scoiattolo, troppo avidi di vedere, avanzarono sull'aperta neve, dimenticando la consegna.

La tormenta s'andava smorzando. Non era più che un veloce turbinìo a fior di terra, che faceva un sottile rumore. Ma il Procolo rimaneva fermo, appoggiato con le spalle all'abete. La neve ammucchiata dal vento lo aveva sepolto fino a metà gamba, eppure egli non si muoveva per liberarsi, come se fosse stato paralizzato.

Infatti Sebastiano Procolo non era più capace di muoversi. Il gelo gli era entrato nel corpo, intorpidendo le braccia e le gambe. Solo gli sguardi guizzavano qua e là e scorsero le lepri e gli scoiattoli che curiosavano alla luce di luna. Poco dopo il colonnello si accorse anche di tutti quegli esseri che spiavano di tra le piante.

«Cosa succede qua?» tuonò la voce del Procolo. «Cos'è tutta questa adunata? Cosa c'è di tanto interessante?»

Ci fu un fremito nel bosco attorno perché le bestie, intimidite, si ritirarono tutte insieme. Si udirono rapidi fruscii di passi e un grande battere d'ali.

«Colonnello!» chiamò allora la gazza guardiana, anch'essa accorsa alla valletta, dall'alto di un larice. «Vuoi che chiami qualcuno?»

«Anche tu qui!» fece rabbioso il colonnello. «Bada ai fatti tuoi, sarà meglio.»

«Colonnello!» insistette la gazza. «Sotto la luna la tua faccia ha uno strano colore. Colonnello, tu non stai bene. È meglio che io chiami qualcuno.»

«Non curarti dei fatti miei» rispose il Procolo. «Ricordati di tuo fratello, come è andato a finire.»

«Allora ti saluto» disse la gazza «allora ti dico addio.» E l'uccello spiccò il volo controluna, allontanandosi sopra le cime degli alberi.

Scomparsa la gazza, il Procolo credette d'essere rimasto solo e si afflosciò ai piedi dell'abete con la testa penzoloni. Invece molte bestie, piano piano, erano tornate nella valletta del Lentaccio e in silenzio adocchiavano la scena. La tormenta era quasi scomparsa. Mezzanotte era ormai vicina.

Finalmente giunse anche Matteo.

«Colonnello, che cosa hai mai fatto?» sibilò il vento dopo aver descritto due tre giri intorno alla pianta.

«Ero venuto per delle trappole» rispose Sebastiano Procolo, prontamente rialzandosi in piedi «ne avevo messe tre o quattro, per prendere le volpi.»

«Ho visto il badile» insistette Matteo «sei venuto per salvare Benvenuto ecco la verità, adesso sei lì che muori, e tutto questo per niente.»

«Per niente?» chiese con voce fonda il Procolo.

«Per niente. Era stato uno scherzo. Benvenuto è al collegio. Volevo darti una buona notizia, affinché tu passassi contento le prime ore dell'anno.»

«Uno scherzo. Mi giuri che è uno scherzo?»

«Te lo giuro, colonnello, ma io non sapevo tutto questo, mi avevi sempre detto...»

«Uno scherzo. Ah, un bello scherzo!» fece il Procolo. «Una cosa indovinata...»

«Dovevi dirmi la verità» si giustificò il vento «io non potevo immaginare...»

«Non è il caso che tu ti preoccupi» disse il Procolo. «Adesso torneremo a casa.»

«Ho paura che sia troppo tardi. Ho paura che sia finita. Non hai più forze, ti vedo... Ma, colonnello, perché non l'hai detto? perché hai voluto farti vedere diverso? Confessalo: sì, io ero sfiancato per sempre, io non ero più buono che a tener su gli aquiloni, ma anche tu eri invecchiato, anche tu non eri più lo stesso, il tuo cuore sentiva bisogno di caldo e non lo hai voluto mai dire. Ti vergognavi, colonnello? Ti vergognavi d'essere un uomo? D'essere come tutti gli altri?»

«Tornerò a casa, ti dico. Lasciami finalmente in pace.»

«Lasciarti in pace! Fai presto a dire! Non ti ricordi, quando mi liberasti, quello che ti ho giurato? La mia vita sarà legata alla tua, fino all'ultimo termine. Se tu muori, tocca anche a me morire.»

«Me ne dispiacerebbe» fece il colonnello «me ne dispiacerebbe davvero. Ma ormai quel che è stato è stato. Adesso è meglio che tu mi lasci.»

Matteo fece per andarsene. Il suo fruscìo si affievolì rapidamente.

«Matteo!» gridò allora il Procolo. «Aspetta un momento! Mi dimenticavo una cosa. Ti voglio dire questo, perché tu non pensi male: mi dispiace di averti mentito, di aver finto quel che non era. Ecco. Ma è stata l'unica volta.» La sua voce era diventata fioca.

«Non pensarci, colonnello» rispose il vento, tornato subito indietro. «In fondo ti do ragione. Lascia adesso che rimanga qui. Si potrebbe aspettare insieme. Tanto, il primo sole dell'anno, non lo potremo vedere.»

«No» disse Sebastiano Procolo «preferisco restare solo.»

39

Infatti il Procolo rimase solo, mentre cominciava il primo gennaio. Anche le bestie, tra gli alberi, erano state vinte dal sonno. L'aria era gelida e serena. La luna aveva cominciato a scendere. Il Bosco Vecchio era nero.

Nella casa del Procolo, sotto alla lampada, stava intatta la bottiglia di vino, con a fianco il bicchiere solo. Vettore continuava a dormire. La radio, dimenticata aperta, riempiva la casa di musiche allegre, musiche da baldoria, accompagnate da frequenti grida.

Anche nella solitaria valletta, dove il colonnello moriva, giunsero echi di campane e di lontani mortaretti. Ma per il resto non successe nulla di speciale. L'anno vecchio scivolò via e regolarmente cominciò subito il nuovo, senza la minima interruzione.

La faccia del Procolo si era fatta ancora più pallida. I baffi si erano incrostati di ghiaccio. Partito Matteo, il colonnello si era nuovamente lasciato un po' andare. Le braccia gli pendevano inerti, la testa era abbandonata sul petto.

Allora i venti[1] vennero a salutarlo. Personalmente non lo conoscevano, ma parve loro giusto un omaggio al padrone del Bosco Vecchio che se n'andava così da gentiluomo.

---

[1] Matteo però non c'era.

Tra i rami degli abeti i venti principiarono le loro canzoni. Fu certo una musica grande, da occasioni solenni, come agli uomini comuni è concesso d'ascoltare tutt'al più una sola volta in vita. Sebastiano Procolo comprese e con un estremo sforzo riuscì a rialzare la testa. Gli animali, sulla soglia del bosco, si ridestarono.

I venti cantarono le antiche storie dei giganti che costituivano la parte più bella del loro repertorio. Queste storie non le conosciamo, ma si sa come riempissero chi le ascoltava di una grandissima gioia.

Avvenne così che le bestie dimenticarono l'inverno e si immaginarono di trovarsi già nel pieno di una prospera estate. Ciascuno pensò con grande fiducia all'avvenire, sentendosi audacissimo e pronto a qualsiasi fatica. Non era che l'effetto della musica. Ma fin che questa durò, quelle illusioni parvero vere. Molte delle bestiole presenti immaginarono persino di poter vivere in eterno. Alcune meditarono di diventare potentissime e di straordinaria bellezza. Tutte pensavano alle fortune dell'anno nuovo, al modo di poter utilizzare quei 365 giorni felici.

Al colonnello, invece, dei giorni venturi non importava più niente. Egli guardava verso il fondo della valletta, donde si avanzava celermente una massa scura. Erano centinaia di uomini in ordinatissime file che marciavano a ritmo, con passi svelti e decisi, come se non procedessero sulla neve, ma sopra una bella strada fatta a regola d'arte. Prima di tutti veniva un uomo con una bandiera, poi avanzavano tutti gli altri. Non occorreva un grande acume per riconoscere il reggimento del colonnello Procolo. La banda soltanto mancava, eppure tutta l'aria era piena di musica, una canzone vittoriosa.

Il Procolo se ne stava sempre appoggiato all'albero, con la testa alzata orgogliosamente, mezzo sprofondato nella neve. Il suo reggimento avanzava in meraviglioso ordine nonostante le accidentalità del terreno, la neve e la forte salita. Già egli distingueva le baionette scintillanti alla luce di luna e riconosceva, data la ferrea memoria, i soldati uno per uno. Quando gli passò davanti la bandiera, il suo braccio destro ebbe una visibile contrazione: evidentemente il Procolo voleva salutarla, ma il gelo lo aveva ormai tutto irrigidito.

Con andamento trionfale, la magnifica schiera salì fino al colmo della valletta e s'internò senza rallentamenti tra gli abeti del Bosco Vecchio. Però i soldati continuarono a sfilare per lungo tempo. Il Procolo stesso si meravigliò dapprima che il suo reggimento avesse assunto così formidabili proporzioni. Comunque, ne trasse motivo di compiacimento.

A un certo punto le baionette non scintillarono più perché era tramontata la luna. La neve divenne livida. I soldati apparvero neri, non si poteva più riconoscerli. Ad oriente si poté distinguere qualcosa come una nuova debole luce.

Le stelle cominciavano a impallidire quando la sfilata cessò, e l'ultimo plotone fu inghiottito dalla foresta. La voce dei venti si spense, le bestie si ritirarono nelle tane e nei nidi, stanche morte per la notte bianca.

Tutto restò silenzioso e tranquillo, aspettando che si levasse il sole. Sempre appoggiato all'abete, il colonnello se ne stava ancora diritto, il capo levato con fierezza, rigorosamente immobile. Immobili le braccia e le gambe, immobili gli occhi, la bocca, perfino le pieghe del tabarro. Si era anche fermato il cuore.

40

Intanto il vento Matteo si era recato al collegio. Benché fosse l'ultima notte dell'anno, nessuna festa era stata prescritta; però nella camerata i ragazzi erano svegli e nel buio aspettavano mezzanotte, per aprire una loro bottiglia, contando i minuti sull'orologio di Berto che aveva i numeri fosforescenti.

I compagni bisbigliavano con eccitazione, eppure Benvenuto si accorse subito che Matteo strisciava fuori. Senza che gli altri badassero, il ragazzo balzò dal letto e aprì una finestra, lasciando chiusi i balconi. Diede due colpi con le nocche sul legno.

«Son venuto per salutarti» disse Matteo. «Questa notte, partenza.»

«Partenza per dove?»

«Lo sapessi. Magari. Ma è certo che non ritorno.»

«Aspetta» fece Benvenuto. «Adesso mi vesto e vengo fuori.»

Sgusciando silenziosamente nel buio, Benvenuto entrò nello spogliatoio e indossò un vestito pesante, quello che adoperava per sciare. Poi con precauzioni infinite aprì la porta d'ingresso ed uscì all'aperto, sotto la luce di luna.

«Questa notte mi tocca morire» disse Matteo «già è cominciata la mia dissoluzione, fra poco salirò per l'aria, svanirò a poco a poco nel cielo.»

«Perché dici "mi tocca"? Come fa un vento a morire?»

«Lascia stare, è una strana faccenda. Un giorno forse la saprai.» La voce si faceva fioca allontanandosi nel cielo.

«No» fece Benvenuto. «Matteo, non andare via. No, tu non devi morire. Ci sono ancora tante cose da fare. Pensa, se tu rimani, tornerai quello d'una volta, ti verranno ancora le forze, fra tre mesi arriverà la primavera e sarà la stagione buona. Pensa, Evaristo se n'andrà, sarai di nuovo padrone della valle, farai grandi temporali e tutti avranno paura. Ricominceremo da capo. Poi, nelle notti buone, farai musica nel bosco, la gente verrà per sentire, anche da lontanissimi paesi. Ci saranno tra le piante i genî e io potrò cantare con te, come si faceva una volta.»

«È inutile» disse il vento «devo andare sul serio. Del resto, questa forse è la notte famosa in cui tu finirai di essere bambino. Non so se qualcuno te l'ha detto. Di questa notte i più non si accorgono, non sospettano nemmeno che esista, eppure è una netta barriera che si chiude d'improvviso. Capita di solito nel sonno. Sì, può darsi che sia la tua volta. Tu domani sarai molto più forte, domani comincerà per te una nuova vita, ma non capirai più molte cose: non li capirai più, quando parlano, gli alberi, né gli uccelli, né i fiumi, né i venti. Anche se io rimanessi, non potresti, di quello che dico, intendere più una parola. Udresti sì la mia voce, ma ti sembrerebbe un insignificante fruscìo, rideresti anzi di queste cose. No, forse è meglio così, che ci separiamo al punto giusto.»

Le parole divenivano intanto sempre più fievoli. Matteo, suo malgrado, si sollevava lentamente nel cielo.

«Aspetta» fece Benvenuto «vado a prendere gli sci e ti accompagno su per la montagna, fin che è possibile restare insieme.»

«Grazie» rispose Matteo «vuol dire che andando in alto

cercherò di spostarmi lateralmente così da non separarci fino in cima.»

Poco dopo Benvenuto si mise in cammino, seguendo l'amico Matteo che saliva irreparabilmente, dissolvendosi a mano a mano.

Si diresse verso il Bosco Vecchio, favorito dal lume di luna, forzando l'andatura per potere stare dietro al vento che passava e ripassava sopra la sua testa e guadagnava progressivamente quota.

Anche senza volerlo, il vento urtava negli abeti che davano una risonanza buona. Avvicinandosi il momento del distacco, Benvenuto era alquanto commosso e non sapeva cosa dire. Era una marcia faticosa sulla neve fonda e irregolare, spesso in zone di buio, con l'assillo di tenersi a costante contatto col vento. Impegnato nella dura fatica, il ragazzo non riusciva a capire cosa intanto Matteo andasse mormorando.

Passarono per la piccola radura dove in una ormai lontana notte c'era stata festa grande. Una voce fonda e nasale, la voce di un gufo, risuonò improvvisamente:

«Matteo!» gridò il gufo «già che sei qui, ti voglio dire una cosa. È un pezzo che ci pensavo. Ti voglio svergognare, ecco. Sei un vento molle e pietoso, senza più il minimo fiato e bisogna ancora sentirti vantare che sei potente, che non temi nessuno, che sei questo, che hai fatto quest'altro? Un pagliaccio, ecco cosa sei, un grottesco sbruffone, la più ridicola creatura che io abbia conosciuta. Guardalo adesso che arie grandi si dà, e quello stupido bambino che gli dà retta.»

«Gufo» rispose il vento «gufo, vergognati tu, perché io sto per morire.»

Benché l'uccello fosse invisibile nel buio, si comprese che era rimasto di stucco, udendosi un soffio ansimante.

«Alla malora la tua smania di parlare!» fece al gufo, con voce chiara, un compagno. «Guarda che *gaffe* fenomenale, c'è da sprofondarsi sotto terra...»

«Scusami, Matteo» fece il gufo, titubante «scusami, io non pensavo, ho la manìa di far dispetti, non dicevo sul serio... credimi, non dicevo sul serio.»

«Non importa, gufo» fece Matteo. Intanto si alzava, si alzava e Benvenuto faticava a stargli dietro. Dal collegio era andato marciando senza un attimo di sosta. Cominciava a sentirsi stanco.

Alla fine giunsero ai piedi del Corno.

«Ecco lì la maledetta caverna, che è stata la mia rovina» notò Matteo strisciando alla base delle rocce. Poi aggiunse: «Allora, Benvenuto, addio, più di così non puoi salire».

«Sì che posso» rispose il ragazzo e, lasciati gli sci, si inerpicò su per i roccioni, illuminati dalla luna, cercando gli appigli tra la neve.

«Non far pazzie» fece il vento «è un momento scivolare. Tanto, metro più metro meno, ci si deve separare lo stesso.»

Benvenuto però non cedette. Raspando sulla gelida rupe, che offriva in verità molte rughe buone per afferrarsi, il ragazzo salì oltre le cime degli alberi, si innalzò rapidamente per la parete. Alla fine si trovò su di un aereo terrazzino con sopra soltanto cielo.

Egli vide sotto di sé il Bosco Vecchio che emanava magiche ombre, vide la luna tramontare e una striscia dorata comparire nel cielo d'oriente. Tutto era straordinariamente tranquillo. Di vivo, nell'intero mondo, così almeno pareva, non c'erano che Benvenuto, diritto sulla cima del Corno, e Matteo, intento a morire.

Il vento, ad un certo punto, finì per oltrepassare la vetta del Corno, staccandosi per sempre dalla terra. Benvenuto non avvertì più il suo soffio, ma poteva ancora udire le parole:

«Addio, Benvenuto, addio!» chiamava sempre più fioco Matteo. «Ricordati, qualche volta. Ti devo dire ancora una cosa: stanotte tuo zio Sebastiano è morto, lo troveranno in mezzo alla neve, nessuno capirà il perché. È stata la fine degna di lui, una morte da gran signore.»

La voce del vento si affievolì nel nulla. Senza dubbio egli continuò a salutare il ragazzo, rivolgendogli espressioni affettuose. Ma oramai era troppo in alto per poter esser udito.

Benvenuto avrebbe voluto gridargli qualche parola, ma non riusciva a parlare, una cosa gli chiudeva la gola. Agitò allora il cappello, mentre si levava il sole, fino a che fu completo silenzio.

Indice

V   *Introduzione*
di Claudio Toscano

XI   *Cronologia*
a cura di Giulio Carnazzi

XXIX   *Bibliografia*
a cura di Lorenzo Viganò

1   IL SEGRETO DEL BOSCO VECCHIO